El cabrerillo

ala delta

Juan Antonio de la Iglesia

EL CABRERILLO

Ilustrado por:

Julio del Castillo

EDELVIVES

Primera edición: noviembre 1987.
Segunda edición: noviembre 1988.
Tercera edición: enero 1989.

Diseño cubierta: José Antonio Velasco
Depósito legal: Z. 1983-88
ISBN: 84-263-1329-9
Talleres gráficos Edelvives
Apartado 387
50080 Zaragoza
Printed in Spain

1. ALLÁ arriba, allá arriba, donde la nieve de las cumbres se confunde con la blanca espuma de las nubes, un rebaño de ovejas y de cabras trepa por la ladera. Cuando se mueve, parece un cendal de niebla. Si se detiene, diríase que es la nieve de un helero.

Sentado en un risco, con el cayado entre las piernas, el pastor vigila con un ojo su rebaño y con el otro admira el paisaje, digno de la mirada de un águila.

El pastor es muy pequeño. Cumplirá los doce años cuando celebren en el pueblo las fiestas de la Virgen: la Virgen de las Nieves, patrona de los pastores que suben sus rebaños al puerto.

Tino, porque Tino se llama el cabrerillo, no es ni alto ni bajo, ni gordo ni delgado, ni moreno ni rubio. Es como todos. Pero más alegre que ninguno. En su semblante, atezado por el aire y el sol de las cimas, brillan sus dientes blanquísimos y sus ojos pícaros.

Lleva una boinilla, que un día fue negra, recogida en visera sobre la frente, una camisa a cuadros con las mangas remangadas, que esconde sus remiendos debajo de una zamarra de piel de oveja. El pantalón, de perneras desiguales, se le sujeta a la cintura con un ancho imperdible, y los menudos pies desaparecen en las profundidades de unas alpargatonas de cuero, con cintas que suben trenzadas pantorrillas arriba, hasta cerca de la rodilla.

—¡Lobi! —grita y silba Tino, levantándose— ¡Ven aquí!

Un perro, extraña mezcla de pastor alsaciano y de chucho callejero, se le acerca moviendo la cola. Lobi posee la fuerza y la fiereza de su media sangre y la malicia y la gracia de su otra mitad. Es el lugarteniente de Tino: el que después de él manda más sobre el rebaño.

—¡Anda, Lobi!, no te duermas, que se hace tarde y tenemos que volver.

El rebaño se va agrupando, apelotonando, mientras Lobi corretea y ladra sin cesar, acosando a las rezagadas. Tino se echa al hombro su zurrón de piel de cabra y lanza una y otra vez su silbido atronador, metiéndose los dedos en la boca.

—¡Yepa, Galana! ¡Yepa, Rubia! ¡Golosa! ¡No os quedéis atrás!

Tino desciende por la montaña, seguido de un coro de balidos y campanos. Y de pronto, Lobi se le pone delante y ladra y ladra sin parar.

—¿Qué pasa, Lobi?

Tino vuelve la cabeza. Encima de una peña, como una estatua, una cabra, menuda, blanca y esbelta, contempla el panorama.

—¡Azucena! —le grita furioso el cabrerillo— ¡Baja de ahí, turista, más que turista!

La cabra ni le mira siquiera.

Tino coge una piedra y se la tira. La piedra rebota en el risco y la cabra lanza un balido despectivo, sin moverse.

—¡Anda con ella, Lobi! ¡Tráemela!

Lobi se dispara monte arriba y ladra y da vueltas alrededor de su pedestal. Azucena ladea la cabeza y le observa con displicencia. Tino tiene que intervenir con su cayado. Sólo entonces, Azucena desciende de su peana y se dirige, sin prisas, hacia el rebaño que ya se apretuja en la cañada, camino del pueblo.

—¡Hala, Azucena! —y Tino la anima con un suave garrotazo— ¡Espabila!

Azucena baja indignada, se detiene y hace ademán de acometerle.

—Y no me contestes, ¿eh? ¡Que hoy estás muy respondona! ¡Hala! ¡Al rebaño! Por tu culpa todos los días llegamos tarde a casa. Y luego, el amo se enfada. Que tiene peor genio que tú.

El rebaño entra encajonado en la calle principal del pueblo; un pueblo montañés de casucas de piedra renegrida por la nieve de la invernada y balcones apuntalados por vigas como troncos. Las ovejas y las cabras todo lo arrollan. Tino pide paso con su estridente silbido, y varios campesinos que charlan a la puerta del Señor Manolo, se meten dentro.

—¡Quitarse todo el mundo! —avisa una voz— ¡Que viene Tino con la marabunta!

Las ovejas rodean a una aldeana que hila a la puerta de su casa. La vieja se levanta despavorida, recoge su rueca y su banquillo y se abre paso a duras penas hacia el zaguán. Desde allí increpa a Tino.

—¿No podías pasar por otro lado con tu apestoso rebaño?

—No es mío, señora —contesta sonriendo el cabrerillo—. Las reclamaciones, a la superioridad.

El Señor Manolo, a la puerta de su tienda, defiende a Tino agitando el periódico que acaba de traerle el cartero:

—La calle es de todos, ¿verdad, Tino? —y se sujeta el voluminoso abdomen, que le tiembla de risa, como un flan—. A todos nos gusta el queso, pero ninguno aguantamos el olor.

Pero el Señor Manolo deja de reír. Azucena, aprovechando su distracción, se está comiendo el periódico.

—¡Demonio de bicho! ¿Pues no se ha comido la página agrícola? ¡Te voy a matar a palos!

—Discúlpela, Señor Manolo —intercede Tino, agarrando a la cabra por las orejas y arrastrándola calle abajo—. Azucena es una intelectual. Es muy aficionada a los papeles. Se traga los libros más gordos, cuanto más gordos mejor.

2. Hacía un rato que el sol se había marchado a dormir cuando Tino llegó con su rebaño a la cerca de tablas y postes de madera que él llamaba pomposamente «el redil». Abrió la puerta y se encaramó a la empalizada para ver entrar el ganado y contar las cabezas por si alguna se había descarriado.

—¡Lobi! ¡Lobi! ¿Dónde estás? —el perro había desaparecido. Tino le hubiera ido a buscar, pero no podía distraerse. Tenía que contar —¡Diecisiete! ¡Dieciocho! ¡Diecinueve!...

—¡Tino! ¡Bájate de ahí! ¿No te he dicho una y mil veces que no te subas a la valla?

Era la voz de Tío Quico, que salía por la ventana del piso bajo de una casucha cercana.

—¡Que te bajes de ahí! ¿Es que no me oyes?

La voz, áspera y chirriante, se acercaba al redil. Envuelta en la neblina del atardecer, la figura alta y huesuda del Tío Quico, con su calva aplastada por la boina negra, su nariz de garfio y aquel viejo capotón que se movía como las alas de un cuervo, tenía un aspecto lúgubre, de ave de rapiña.

Otro más asustadizo que Tino hubiera temblado, como delante de un fantasma. Pero el cabrerillo estaba acostumbrado al aire poco agradable de su tío, y a su carácter, menos agradable aún. Por eso no le hizo caso, y siguió contando tan tranquilo.

—¡Veintitrés! ¡Veinticuatro!...

—Pero, ¿estás sordo, Tino? ¿Es que no grito bastante?

—Sí que gritas, tío. Se te oye muy bien, en todo el pueblo.

—¿Y por qué no obedeces entonces? Te enganchas en un clavo y te rompes los pantalones. Y no ganas ni para pantalones. ¡Qué niño éste! Si llego a saber la cruz que me echaba encima al hacerme cargo de ti, cuando tu madre se moría, no le hubiera prometido lo que le prometí. Que más de una vez me he arrepentido de haberte recogido en mi casa, holgazán, más que holgazán.

Tino había terminado de contar sus cabras y sus ovejas. A él le parecía que faltaba una, pero

con la perorata de Tío Quico era muy posible que se hubiera confundido. Saltó de la cerca y cerró la portilla.

—¿Las has contado bien?

—Sí. Creo que sí.

—¿No faltará alguna?

—No. Creo que no.

Balando con elegante indiferencia, y rumiando algún hierbajo arrancado al desgaire, apareció al final de la vereda Azucena.

—Conque estaban todas, ¿eh? —rió antipático Tío Quico—. Y eso que viene por ahí, ¿qué es? ¡Buen pastor estás tú hecho! ¡Anda, toma! ¡Ve a la tienda y que el Señor Manolo te la llene! —y de entre las alas negras de su capote sacó una botella, negra también, y se la dio a Tino.

—¿Que me la llene? ¿De qué? —preguntó él, haciéndose el tonto, como si no conociera la debilidad de su anciano tío por el anís escarchado.

—¿De qué va a ser? De lo que tomo para el estómago.

—¿De anís?

—De lo que sea. ¿A ti qué te importa?

Azucena se había acercado a ellos y olfateaba, golosa, la botella, relamiendo el corcho.

—¡Bicho asqueroso! —chilló Tío Quico, encolerizado—. ¡No respetas mi medicina! ¡Al redil! ¡Entra ahora mismo!

Abrió el portillo y amenazó a Azucena con una piedra. Pero buena era Azucena para entrar por el aro, así como así. Baló de un modo inquietante, enseñó los dientes, escarbó, y... se abalanzó sobre Tío Quico, que emprendió la fuga, graznando y aleteando como un cuervo.

3. Tino, con la botella en la mano, y en la otra la moneda de diez duros que le había dado su tío para la «medicina», atronaba con sus silbidos las calles del pueblo. A Tino le gustaba silbar. Es lo primero que aprenden los pastores y lo último que se les olvida. Pero Tino no silbaba ahora por silbar, ni por molestar a la gente. Lo hacía para llamar a Lobi. Su desaparición empezaba a preocuparle.

—¡Lobi! ¡Lobi!

A la vuelta de una esquina se lo encontró sentado sobre sus patas traseras, y con las de delante en el aire, sujetando entre los dientes una hermosa ristra de chorizos.

—¡Oh, Lobi! —se entristeció Tino—. ¡Ya has vuelto a las andadas! ¿Robando chorizos otra vez? ¿Era eso lo que estabas haciendo?

Se los quitó muy enfadado y le amenazó con el dedo. Con el dedo nada más. Lobi se encogió y exhaló un aullido lastimero.

—Con razón me decían que tu amo anterior era titiritero. Se los has quitado al Señor Manolo, el tabernero, ¿no es verdad?

Lobi ni afirmó ni negó, pero ladeó la cabeza de un modo muy significativo.

—¿Con qué cara me presento yo ahora en la tienda? ¡Ahora mismo vas y los devuelves! ¿Entendido?

Lobi debió de comprender, porque agarró la ristra entre los colmillos y desapareció calle arriba en dirección a la tienda.

—¡Ay! —suspiró el cabrerillo—. ¿Cuándo conseguiré hacer de Lobi un perro como Dios manda?

4. Delante de la tienda del Señor Manolo, una tienda de pueblo donde hay de todo, desde canicas de barro hasta bocadillos de jamón, un viejo con un gorro moruno, que parece un flan de grosella, y un traje estrafalario de estilo oriental, charla que te charla señalando el tapiz abarrotado de baratijas que ha extendido delante de él en el suelo.

—¡Miren, señores, miren! ¡El bonito invento americano! —vocifera el charlatán, y un corrillo de curiosos se va agolpando a su alrededor—. ¡La pluma irrompible y el lápiz que no se acaba! ¡No los vendo! ¡Los regalo! ¡Por cinco duros doy el lápiz, la pluma, y este estuche de piel de cocodrilo cazado en el Orinoco!...

El Señor Manolo, a la puerta de su establecimiento, escucha indiferente al buhonero que pregona inútilmente su mercancía. El Señor Manolo no teme la competencia de los ambulantes. Su negocio es más sólido. Ellos acaban por irse, pero él se queda. Por eso le deja aprovechar la luz de su escaparate para exhibir sus chucherías, mirándole por encima del hombro, mientras entre sus piernas se cuela Lobi con una ristra de chorizos entre los dientes y sale al cabo de un rato, cumplida la misión que le había encomendado su amo.

—¡Lobi! ¡Toma! —le llamó Tino—. ¡Lobi! ¡Ven acá!

El perro se dirigió hacia él, pero algo había olfateado en el interior del corrillo del charlatán, porque se metió entre las piernas de los curiosos y empezó a ladrar furiosamente.

—¡Lobi! ¡Lobi! ¡Sal de ahí! —y Tino le tiró del rabo, sin conseguir sacarle de aquel laberinto.

A los ladridos del perro contestaron unos chillidos extraños, que se mezclaron a las risas de los espectadores y a las voces airadas del charlatán.

Cuando la gente se apartó pudo Tino averiguar la causa de la excitación de su lugarteniente. Un mono, tocado con un gorrito igual al del buhonero y atado a una cadena, brincaba y chillaba, huyendo de las feroces dentelladas del perro pastor.

Tino agarró a Lobi de la piel del cuello y tiró de él, amenazándole con la botella.

—¡Anda, Lobi! ¡Vámonos de aquí, que ese señor se enfada y nos va a pegar a los dos!

A empellones le metió en la tienda, y sin soltarle le dio la botella al Señor Manolo para que se la llenara.

—Es para tu tío, ¿verdad, Tino? —preguntó el tendero, quitando el tapón y olfateando el cristal.

—Sí —contestó el cabrerillo, soltando a Lobi y señalando un garrafón —cuartillo y medio de eso.

—No, hombre —rió el tabernero—, eso es lejía. Le sentaría muy mal. Aunque no sé si esto le sentará mucho mejor —y miró con aire de lástima a Tino, mientras ajustaba un embudo al cuello de la botella y la ponía debajo de la espita de un barril.

—¡Lobi! —gritó Tino, desesperado.

¡Se había escapado otra vez!

—¡Eh! ¡Tu botella!

Pero el cabrerillo ni siquiera le oyó. Salió de la tienda abriéndose paso entre los que, después de escuchar al ambulante, querían comprar algo en una tienda de verdad.

El buhonero, con aire triste y resignado, enrollaba su alfombra-escaparate. El mono, desde su hombro, se burlaba de Lobi que aún ladraba y movía la cola, con ganas de jugar.

—¡Estáte quieto, Lobi! —le advirtió en voz baja Tino— ¿No ves que es un mago? Puede con-

vertirte en un bicho raro, como ése. ¿Verdad, señor, que es usted mago?

El buhonero se volvió hacia él con aire distraído. Era muy alto muy alto, y muy flaco. Tenía cara de pasar hambre, el pobrecillo.

—¿Cómo dices, muchacho? —articuló.

—Que si es usted un mago. Lobi no lo quiere creer.

—¿Un mago? —y el buhonero sonrió con melancolía— ¡Oh, sí! ¡Un mago! Tengo poderes mágicos para todo... Para todo, menos para vender.

—¿Cómo dice?

El viejo no tenía ganas de charla. Eso les pasa a todos los charlatanes cuando no están en plan de ejercer. Se ajustó la alfombra enrollada debajo del brazo y se dispuso a marcharse.

—¡Quita, muchacho! ¡Que me soliviantas al mono!

Tino le cerró el paso.

—¿También es un mono mágico? —preguntó—. Déjemelo ver. Nunca he visto un mono mágico. Bueno, ni de los corrientes tampoco.

De la alfombra cayó algo al suelo. Era una flauta. Tino la recogió y la examinó extasiado.

—¡Qué bonita es! ¡Parece de plata!

El buhonero observó detenidamente a Tino y después cambió su actitud malhumorada por otra más amable y confidencial:

—Dámela. No la toques. Nadie puede tocarla, más que yo.

Tino se apresuró a devolvérsela, como si soltara un alacrán o una serpiente. Lobi ladró asustado.

—¿Está encantada, señor mago? —quiso saber, mirándola con temor.

—Claro, muchacho. Me la dio un derviche en la lejana Arabia. Él mismo la fabricó con una caña de bambú sagrado.

—Parece de metal —aventuró Tino dubitativo.

—Él la convirtió en plomo, mejor dicho, en plata —explicó el charlatán lanzado ya por la pendiente de la charlatanería—. Haciéndola sonar, conseguirás todo lo que se te antoje.

—¿Todo, todo, todo?

—Absolutamente todo. Verás. Voy a hacer que baile el mono.

El buhonero tañó la flauta, que emitió una serie de pitidos estridentes y desagradables. A Tino le dieron dentera y a Lobi le pusieron los pelos de punta. Pero al mono le hicieron gracia, porque se puso a brincar y a palmotear como un energúmeno.

—¡Ahí va! ¡Qué formidable! —exclamó Tino—. ¿Puedes hacer que cante también?

La pregunta del cabrerillo desconcertó al flautista, pero en seguida reaccionó, asegurando que con aquella flauta mágica podría incluso hacerle hablar, aunque la verdad era que el mono llevaba una temporada bastante afónico y no convenía forzarle la garganta.

—¿Me la prestas? —suplicó Tino, lanzando ávidas miradas al plateado instrumento, que su dueño acercaba y alejaba ante sus ojos con la sabia malicia del embaucador—. Sólo un ratito. Para pedir tres o cuatro cosillas. En seguida te la devuelvo.

—Estas flautas mágicas no pueden prestarse, muchacho —sentenció, inflexible, el buhonero. —Pierden todo su poder. Se venden —añadió, quitando importancia a la cosa— Se venden, a las personas que tienen dinero para comprarlas. Y tú me parece que no tienes una perra gorda.

—No, señor —se lamentó Tino—. Sólo tengo un perro y está bastante flaquito.

De repente se acordó de los diez duros que Tío Quico le había dado para el aguardiente. Los tenía en el bolsillo del pantalón. Bueno, para el caso, como si no los tuviera, porque no eran suyos.

—Tengo diez duros... —murmuró, buscándolos afanosamente en las profundidades de su honda faltriquera, que casi le llegaba por dentro a la rodilla. —Pero son para...

—¡Para la flauta! —saltó alborozado el buhonero— ¿Diez duros has dicho? ¡Diez duros me cobran en el mesón! ¡Ya está! ¡Trato hecho! Es muy poco dinero, pero me has caído simpático y te quiero favorecer. ¿Dónde tienes los diez duros esos?

El pobre Tino no acababa de localizarlos, entre el cordel, las dos piedras azules, la estampita que se había encontrado, y un trozo de cuero para arreglar la honda.

—¡Ah! ¡Aquí está! —y la moneda relució entre sus dedos. Pero sólo un momento, porque, ágilmente, limpiamente, el buhonero se la arrebató y le entregó la flauta.

—¡Tómala! ¡Te la has ganado!

Tino protestó con energía. El dinero no era suyo. No podía disponer de él. Sólo en el caso de que su tío le autorizase a comprar la flauta maravillosa, él se decidiría a cerrar el trato, pero...

—A tu tío le entusiasmará —tranquilizó el buhonero—. ¿Le gusta la música?

—Regular. Más bien no.

—Bueno, lo de menos es la música. Lo más importante es que, si tocas la melodía del derviche, podrás pedir lo que quieras. Pero, entiéndeme, tiene que ser esa melodía. Si tocas otra, no vale.

¿Y... y puedo pedir otros diez duros?

—Por pedir, no se pierde nada —contestó el otro, sin comprometerse a nada. Ya se alejaba, apresurando el paso, cuando Tino le llamó:

—¡Eh, oiga! Si a mi tío no le gusta la flauta, ¿dónde puedo devolvérsela? —El charlatán se detuvo a pensar, acariciándose la barbilla con aire preocupado. Por fin, exclamó:

—Si vas a la capital, pregunta en el puerto por «Linóleo».

—¿Linóleo?

—Sí, ése es mi nombre. En seguida me encontrarás —y dando por terminada la entrevista, le volvió la espalda dispuesto a no prolongarla ni un minuto más.

Pero Tino era tozudo y una vez más insistió:

—¡Eh, oiga! ¿Y cómo es esa musiquilla? ¡Ya no me acuerdo!

—¡Entre los agujeros de la flauta está escondida! —le gritó— ¡Búscala y la encontrarás!

Tino, a solas con Lobi, trató inútilmente de dar con el soniquete del derviche. La flauta no respondía a sus esperanzas. Sólo dejaba escapar unos pitidos que a Lobi le ponían nervioso y le hacían ladrar. Examinó el instrumento y vio, entre los dos últimos agujeros, un letrero que decía: «Bazar Económico. Artículos de Cotillón».

—Este Cotillón debe de ser el derviche —pensó con el optimismo que le caracterizaba—. Vamos, Lobi. Tenemos que dar con el sonsonete antes de llegar a casa.

5. A la luz de un quinqué, sentado en una rústica mecedora, Tío Quico esperaba a su sobrino, ocupado en introducir por el ancho pasacintas de la pantalla una larga tira de raso azul. Era una vieja pantalla de gasa blanca que Tío Quico intentaba remozar con aquel enorme y estridente lazo, colocado más o menos artísticamente a su alrededor.

La labor era lenta y fatigosa, y más aún sin la consoladora medicina que tanto echaba de menos, en el vaso vacío que tenía a su lado y que más de una vez, distraídamente, se había llevado a los labios, aumentando su impaciencia.

El sonido agudo y penetrante de la flauta de Tino, le hizo soltar la pantalla que tenía entre sus manos y taparse los oídos como si hubiera escuchado el estampido de un cañón.

La puerta se abrió y Tino entró corriendo, seguido de su lugarteniente Lobi.

—¡Tío! —exclamó muy sofocado—. No sabes cuántas cosas nos han pasado, ¿verdad, Lobi?

Lobi ladeó la cabeza y asintió con un ladrido.

—A juzgar por lo que has tardado —concedió el dueño de la casa— deben de haberte sucedido muchísimas. Siéntate y cena. Yo no he podido esperarte. Mi estómago...

En el centro de la habitación, que ocupaba casi todo el piso bajo de la casucha, había una mesa con mantel de hule a cuadros blancos y azules. Sobre ella, dos cubiertos. Uno de ellos parecía haber servido ya, aunque todavía no había sido retirado.

Tino tomó el plato limpio y se dirigió al puchero que humeaba al fuego de un hogar de campana abierto en la pared del fondo. Descolgó el cucharón y se sirvió dos cazos, que era lo estipulado. Se hubiera servido tres, pero la vigilante mirada de su Tío Quico se lo impidió.

Lobi gruñó, recordando que él también tenía derecho a la vida.

—No creas que me he olvidado de ti —y después de dejar su plato sobre la mesa, vertió en una cazuela de barro el contenido de otro puchero y lo colocó en el sitio del cubierto usado. —Aquí tienes, Lobi. —El perro saltó a la silla y empezó a devorar.

—¡De ninguna manera! —protestó el viejo— ¿El perro en mi lugar? ¡De ninguna manera! El perro debajo de la mesa, donde debía dejaros a los dos, por llegar a estas horas.

Tino, arrostrando la cólera de Lobi, interrumpió su festín, poniéndole la cazuela en el suelo. Después, frotándose las manos, se sentó, se santiguó rápidamente, y empezó a manejar la cuchara con avidez.

—Muy bonito —le interrumpió Tío Quico—, y de mi encargo, ¿qué?

—¡De tu encargo! —a Tino se le quedó la cuchara a medio camino.

—Come, si quieres. Pero antes sírveme un vaso de la botella que me has traído. ¡El anís es tan estomacal!...

Tino dejó caer la cuchara y tragó saliva.

—El caso es que... —tartamudeó.

Bueno, sigue comiendo, pero dime dónde has puesto la botella. Me serviré yo mismo.

Tino comprendió que había que afrontar con valor los acontecimientos. Se quitó la servilleta del cuello, se levantó y anunció con acento solemne:

—Tío, tendrás que perdonarme, pero no te he traído ninguna botella.

Tío Quico lanzó un gritito de estupor. Era el primer trueno que presagiaba la tormenta.

—¿Que no has traído ninguna botella? —silabeó lentamente, masticando y saboreando cada palabra. La tormenta iba a estallar.

—Ninguna, tío —y levantó la mano, para detener el chaparrón que se le venía encima— Pero te he traído algo muchísimo mejor. ¡Mira! —la flauta había surgido como por encanto entre sus dedos y de ellos había pasado, sin saber cómo, a los largos y huesudos de Tío Quico, que miraba aquello con la boca abierta.

—¿Qué... qué significa esto? —chilló al fin.

—Significa que es una flauta.

—Ya... ya lo veo. Pero, ¿qué significa? —vociferó, temblando de ira.

—Significa que es mágica. Se toca la serenata del derviche y se consigue todo lo que se pide. Yo ya he pedido varias cosas, tío. Cuando venía para acá, pasé delante de casa de la Eulogia, esa que tiene un niño tan llorón, empecé a tocar, y el niño se calló.

Tío Quico miraba a su sobrino, pasándose la

mano por la frente sin comprender. Parecía un sonámbulo.

—Y en la plaza del Ayuntamiento, ¿verdad, Lobi? —Lobi seguía devorando, sin tomar parte en la conversación —nos encontramos con dos que se estaban pegando. El hermano de Germán (Germán es el novio de María, la hija del peón caminero) y otro que no sé quién es. Discutían porque el otro, el que no sé quién es, decía que Germán se marchó del pueblo porque era un mal pastor y le echaron. Y el hermano decía que no. Que se había marchado Germán porque había querido. A América, donde los pastores están mejor mirados que aquí, y cobran en dólares. ¿Es verdad eso, tío? ¿Es verdad que en América...?

Tío Quico no pudo aguantar más. Sacudió la flauta como una espada y rugió:

—¡Pero, ¿qué tiene que ver todo eso con tu flautita?!

Tino, con mucha calma, se lo explicó. Nadie se atrevía a separar a los dos que luchaban a puñetazo limpio. Pero él llegó, tocó un poquito y salió cada uno por su lado, tapándose los oídos.

—Si no falla, tío —concluyó, sonriendo— Verás. ¿Tú qué pides? —y le quitó la flauta con suavidad, acercándosela a los labios. —Anda, pide algo.

—¡Mi botella! —clamó el viejo— ¡La botella que te di! ¿Dónde está? ¿Quieres decir que con el dinero que te llevaste, ¡con mi dinero!, te has comprado esa flautita, y que te ha costado diez duros?

Tino retrocedió, asustado.

—Diez duros, nada más —balbuceó— Para ser mágica, es barata.

—¡No hay flautas mágicas! ¡Te han engañado! —vociferó, avanzando amenazador hacia Tino que seguía retrocediendo hacia la puerta— ¿O es que quieres engañarme a mí?

Le agarró de una oreja y le zarandeó.

—Ahora mismo vas a la tienda, devuelves al Señor Manolo ese pito con agujeros, y le dices que de mí no se pitorrea nadie. ¡Que quiero el cuartillo y medio que te encargué! ¡Mi botella! ¿Has comprendido? ¡Mi botella!

—¡Su botella, señor!

—¿Eh? —Tío Quico, al oír aquella voz, se volvió estupefacto. La puerta se había abierto y en el umbral se recortaba la figura desgarbada y encogida de Nolín, el hijo del Señor Manolo, con una botella negra en la mano.

—¡Su botella, señor! —repitió, sin atreverse a entrar— ¡Tino se la dejó encima del mostrador! ¡Mi padre me ha dicho que se la traiga!

Tino corrió hacia él y se la arrebató.

—¿Lo ves, tío? ¡Si no falla!

—¿Y el dinero? —preguntó el viejo.

—De eso no me han dicho nada —replicó Nolín— Estará pagada —y se marchó, cerrando la puerta.

—¡La habrá pagado el derviche, tío! —exclamó Tino, acariciando la botella como si se tratase también de un objeto mágico.

—¿Y el duro de la vuelta? ¿Eh? ¿Y el duro? —graznó, apoderándose del frasco de «la medicina»—. Claro. El duro de la flautita. ¡Dámela ahora mismo!

Tino se la entregó humildemente y se dirigió a la mesa, para seguir con la sopa que debía de haberse enfriado. Pero al levantar la cuchara, Tío Quico, de un manotazo, le tiró el plato al suelo. Lobi, amedrentado, dio un brinco, separándose a tiempo de su cazuela, que el irascible anciano envió de un puntapié contra la pared.

—¡Fuera de aquí! ¡A la cama! ¡Hoy te acuestas sin cenar, para que aprendas! ¡Y tu perro también! —Lobi le enseñó los dientes—. ¡Llévatelo! ¡No quiero verle! ¡Ni a ti tampoco! ¿Me has oído? ¡Coge tu mendrugo y márchate a tu madriguera, alimaña! ¡Vas a matarme a disgustos! —abrió la ventana y tiró muy lejos la flauta.

—¡No, eso no! —suplicó Tino, apretando entre sus dedos el mendrugo de pan que iba a ser su cena. —¡No la tires, que el derviche se va a enfadar!

—Igual que ha salido tu flauta por la ventana —anunció Tío Quico con voz lenta y pausada—, así saldrás tú algún día, por esa puerta, si vuelves a desobedecerme.

El cabrerillo, mordiéndose los labios y agachando la cabeza, dio media vuelta y abrió la puerta que daba a la escalera. Antes de subir al desván, donde tenía su cuarto, se volvió y dijo, con acento entrecortado:

—Buenas noches, tío.

Sus pasos menudos se alejaron rechinando en

los carcomidos peldaños que conducían al desván, seguidos del leve trotecillo de Lobi.

Tío Quico, a solas, jadeaba y crispaba las manos.

—¡Y encima me da las buenas noches! ¡Es demasiado bueno, o demasiado tonto! —murmuró, descorchando la botella con los dientes, llenándose el vaso, y apurándolo de un tirón, sin respirar.

6. Tino se había tumbado vestido en su camastro del desván. Su cuartito era muy pequeño. Apenas le cabía el jergón y una silla desvencijada que usaba de mesilla de noche, y para colgar la ropa. Una vela pinchada en una botella iluminaba el vaso de agua con su mendrugo encima, en simbólica alegoría carcelaria. Fotografías y recortes de periódicos, clavados con chinchetas y con tachuelas, decoraban las paredes del camaranchón. Eran recuerdos muy queridos para Tino, pero ahora no podía verlos, porque tenía los ojos llenos de lágrimas.

Lobi, tumbado en el suelo, al oír los sollozos

de su amo, se levantó, enderezó las orejas y le dio con la pata.

—¿Qué quieres, Lobi? No estoy para bromas esta noche.

El perro se acercó a la ventana y volvió después junto al lecho, llorando como una persona.

—¿Qué quieres? ¿Que nos escapemos? ¡No, no! ¡Eso nunca! —y se levantó, acercándose a la pared y besando el retrato de una mujer con un velo blanco y un ramo de flores entre las manos. —Se lo prometí a mi madre. ¿Verdad que te prometí querer mucho al Tío Quico? Si no, nos iríamos a América, ¿eh, Lobi? Allí los pastores están mejor mirados y cobran en dólares. Pero no podemos marcharnos y dejarle solo. Tiene muy mal genio, pero hay que perdonárselo. Es del estómago. Le duele y bebe para que no le duela. Pero le duele más. No podemos marcharnos, Lobi. A veces me gustaría marcharme más lejos que a América. Más lejos todavía: donde estás tú, y Tú también, —y los ojos brillantes de Tino se volvieron a la mujer del velo blanco de la pared y después a otra que acababa de sacarse de su hondo bolsillo del pantalón, donde cabían tantas co-

sas: un cordel, dos piedras azules, un cuero para la honda y aquella estampita, arrugada y pringosa, con una Mujer vestida de blanco, con las manos juntas, y sonriendo a las ovejas de un pastor arrodillado a sus pies.

Tino le quitó dos chinchetas a un espléndido trasatlántico que navegaba en el mar demasiado azul de un almanaque y con ellas sujetó a su Virgencita de las Nieves en el lugar preferente, encima del retrato de su madre.

—¿Qué te parece, Lobi?

Pero Lobi seguía asomándose a la ventana, ladrando y arañando los cristales.

¿Qué pasa en la ventana? Vamos a ver.

Y Tino miró, haciendo pantalla con las manos para que el brillo de la vela no le deslumbrara. Allá abajo, caída en el camino, resplandeciendo a la luz de la luna, estaba...

—¡Mi flauta!

Tino abrió la ventana y contempló extasiado su lejano tesoro. ¡Si él pudiera bajar a cogerla! Pero Tío Quico le oiría caminar sobre las tejas. Y luego, para subir, aunque se apoyara en el barril de agua de lluvia, ¿cómo volver sin hacer ruido? El anciano tenía un oído finísimo.

Lobi ladró de impaciencia. Él se brindaba a recuperar el tesoro de su amo. Estaba deseando hacerlo. En la cola se le notaba.

—¡Busca, Lobi! ¡Busca!

No necesitó hacérselo repetir. De un brinco saltó fuera. Se apoyó en el tejadillo y saltó al camino. Allí dudó unos instantes, pero olfateó el aire y se orientó.

Con la flauta entre los dientes buscó el modo de subir.

—¡Al barril! —le gritó su amo—. ¡Sube sin miedo! ¡A la tapadera!

La tapadera se ladeó bajo el peso de Lobi que estuvo a punto de darse un buen baño. Pero el valiente animal apoyó las patas delanteras en el tejadillo y esperó a que Tino saliera por la ventana y le izara por la piel del cuello.

Una teja se salió de su sitio y cayó con estrépito. La puerta de la casa se abrió y Tío Quico salió a ver qué pasaba.

Pero ya estaban los dos conspiradores en su cubil.

—¡Apaga la luz que se gasta la vela!

Tino se apresuró a soplarla y a tumbarse en el jergón, haciéndose el dormido, por si el viejo subía.

Cuando todo quedó en silencio, el cabrerillo se volvió hacia su perro que le miraba, sentado junto a la cama, con la flauta en la boca.

—¡Dámela, que me la rompes!

Se la quitó con suavidad, y la contempló largamente, a la luz de la luna.

—¡Mi flauta! ¡Mi flauta mágica! —y la besó, metiéndola debajo de la almohada.

Se despojó de su zamarra, se acostó y se tapó con una manta bastante raída y bastante corta, pero era la única que tenía.

—Toma, Lobi. Mi cena. Te la has ganado —y le dio a Lobi el mendrugo de pan.

El perro saltó a la cama y se enroscó a los pies de su amo, haciendo, como siempre, de edredón.

Roía y roía su mendrugo, mientras Tino, después de santiguarse y de despedirse, como todas las noches, de las dos madres que tenía en el cielo, se quedaba dormido como un bendito.

Momentos después, Lobi enderezaba las orejas y miraba a su amo con expresión de asombro.

¿Estaba dormido de veras? ¿Qué querían decir aquellos misteriosos pitidos que salían de debajo de su almohada? ¿Estaba tocando la flauta? Sí. Dormido la hacía sonar, acercando sus labios a la embocadura que asomaba de su escondite, e interpretando una suave y monótona melodía, que acaso fuera la del derviche, a juzgar por la beatífica sonrisa que iluminaba su rostro.

Pero como Lobi no entendía de esas cosas, volvió a su mendrugo y siguió, roe que te roe, hasta que se durmió también.

7. En las cumbres, rodeado de su rebaño, Tino tocaba la flauta mientras Lobi correteaba a su alrededor. Varios días llevaba ejercitándose en el difícil instrumento, sin conseguir arrancarle su secreto.

—¿Qué tal lo hago, Lobi? ¡Escucha!

El perro, por complacer a su jefe, se detenía un instante y doblaba una oreja simulando una mueca de complacencia. Pero el chirrido penetrante que salía de la flauta le ponía instintivamente en guardia. Arqueaba el cuerpo, erizaba el pelo y ladraba hasta que el cabrerillo dejaba de tocar.

El día había amanecido sin una nube. Un sol dorado acariciaba las altas cimas nevadas y resbalaba sobre el verde tobogán de los prados, salpicados de margaritas.

Pero el cabrerillo conocía el paño, aquel paño azul celeste que rebosaba ingenuidad y candor para atraer a los incautos y que de pronto se volvía negro y empezaba a descargar toneladas y toneladas de agua.

—Este vientecillo no es de fiar, Lobi —murmuró echando al aire un puñado de hierba y observando la dirección que tomaban las briznas al caer—. Si continúa soplando, tendremos que ir pensando en volver a casa.

Las cabras y las ovejas del rebaño se revolvían inquietas. De vez en cuando dejaban de pastar, levantaban sus cabezas al cielo y balaban con insistencia.

Tino no era miedoso. Las tormentas de primavera eran muy violentas, pero duraban muy poco. Si el vendaval arreciaba, con las primeras nubes reuniría a su tropa y emprendería el regreso. Pero el viento podía cambiar. Sobre aquella hora solía entablarse una lucha sorda entre el noroeste y el nordeste, a ver quién podía más. Si vencía el nordeste, el día estaba salvado. Sería cosa de esperar un poco, para presenciar el combate. Mientras tanto, haría un rato de música, tratando de recordar la melodía que hizo bailar al mono de «Linóleo», el buhonero.

Casi había llegado a cogerle el tranquillo, cuando estalló el primer trueno; un trueno muy lejano, que se multiplicaba en un coro de resonancias cada vez más distantes.

Encima de los picachos surgieron unas nubecillas de aspecto inofensivo, como mechas de algodón. Pero tras ellas venía el negro nubarrón del vendaval. Otro estampido, más próximo, dispersó el rebaño, que baló asustado.

El cielo se iba cubriendo de una cortina negra que avanzaba rápidamente hacia el sol. El viento silbó entre las peñas, y un resplandor y un estampido soltaron sobre Tino y su rebaño las primeras gotas. Las ovejas, alocadas, se desperdigaron aún más.

Era el momento de entrar en acción. Tino, consciente de sus deberes y sus derechos de capitán, guardó la flauta en el zurrón y sacó la honda, recién reparada con un cuero nuevo. Agarró el cayado y tomó el mando de la expedición.

—¡Lobi! ¡Júntalas a todas! ¡Volvemos a casa!

El lugarteniente no se hizo repetir la orden. Corriendo en círculos cada vez más apretados alrededor del pequeño ejército, ladrando a las desmandadas y mordiéndolas en las patas, iba llevándolas hacia la cañada, mientras Tino, volteando la honda y golpeando las peñas con su garrote, silbaba y gritaba tratando de hacerse oír por encima del fragor de la tronada.

—¡Yepa, Galana! ¡Aquí, Marquesa, que como te escapes, te quito el marquesado! ¡Eh, Lobi! ¡Tráeme a esas dos comilonas, o les mando con la honda unas peladillas de postre!

Llovía torrencialmente, bajo un cielo negro que se tornaba cárdeno con el resplandor repetido de los relámpagos que levantaban un pavoroso tableteo en toda la montaña.

Tino había oído decir a otros pastores que las ovejas y las cabras atraían el rayo, y que lo mejor para evitar una muerte segura era apartarse de ellas. Pero él no pensó ni por un momento en abandonarlas. Al contrario. Su deber era conducirlas sanas y salvas a todas. ¿Pero estaban todas?

Un lejano balido le advirtió que alguna se había quedado rezagada. Volvió la cabeza y...

—¡Azucena! ¡Que siempre tengas que ser tú!

La cabrita, en su risco favorito, les veía marchar sin hacer el menor ademán de acompañarles.

—¡Baja de ahí! ¡Que bajes te digo!

No había tiempo de amagar y amenazar como otras veces. La tormenta descargaba un verdadero diluvio sobre el puerto, y una culebrilla desgajaba una peña a una distancia poco mayor de la que podía alcanzar la honda de Tino.

—¡Te voy a enseñar a obedecer! ¡O vienes o te hago rodar por la montaña abajo!

Tino volteó su honda y la piedra salió como una exhalación, rozando a Azucena en la oreja. La cabra, con un balido de cólera, desapareció monte arriba. Tino trepó hasta el risco y al llegar a él, la vio subir y subir, saltando de roca en roca.

—¡Ven acá! ¡No seas loca!

Lobi había subido también y esperaba sus órdenes.

—¡No, Lobi! ¡Tú quédate con ellas, guardándolas hasta que yo vuelva!

Lobi descendió gateando.

—¡Esperadme al abrigo de esas peñas! ¡Allí no os mojaréis! ¡Cuídamelas bien, Lobi! ¡No olvides que eres mi lugarteniente!

Lobi ladró para decirle que podía marcharse tranquilo. Mientras él vigilara, nada podía sucederle al rebaño. No había advertido el fiel animal, que la culebrilla que había desgajado la roca había puesto en conmoción a una manada de lobos que se deslizaban silenciosamente entre los peñascos, con los lomos erizados y las fauces abiertas, espiando al rebaño con sus llameantes pupilas inyectadas en sangre.

Entretanto, Tino trepaba de roca en roca, en busca de la cabrita descarriada. Ya ni se la veía siquiera.

—¡Azucena! ¡Azuceeeena!

Sólo los truenos respondían a su llamada.

El terreno, con la lluvia, se había hecho muy resbaladizo, y Tino tenía que avanzar con mucho cuidado. Una pisada en falso, desde aquella altura, hubiera sido mortal.

—¡Azucenaaa! ¿Dónde estás?

Creyó percibir un balido encima de su cabeza. Era peligroso alcanzar la plataforma rocosa desde donde en los días claros se divisaba el mar. Aquel ventarrón podía arrojarle al abismo y hacerle caer, como en un colchón, encima de su rebaño que se veía allá abajo, igual que el rebaño de un Nacimiento.

Ayudándose con su cayado, clavado en una grieta, Tino se izó sobre la plataforma. El viento había amainado, pero una niebla muy densa lo cubría todo alrededor. Tino sabía que al otro lado el precipicio era más hondo, como un gran embudo abierto entre los picos. Detrás estaba el mar, pero ahora no había más que niebla; niebla por todas partes. El gran embudo rebosaba niebla también, como una copa gigantesca llena hasta los bordes de sidra achampanada.

—¡Azucena! ¡Azucenaaaa!

Los picos le devolvieron el eco de su voz, multiplicada por cinco, por diez, por veinte. Pero de la cabra, nada.

Subida la zamarra por encima de la cabeza para no mojarse, Tino se metió los dedos en la boca y soltó un terrorífico silbido. Allí, en la soledad de las cumbres, entre el vaho de la niebla que iba envolviéndole más y más, aquel silbido, mil veces repetido por las rocas invisibles, tenía algo de sobrecogedor.

Tino retrocedió, disponiéndose a abandonar la búsqueda. Pero comprendió que no podía hacer eso. Hubiera sido una cobardía.

El agua le chorreaba por la cara. Sacó el pañuelo para secarse y la flauta se le salió. ¡La flauta! ¡La flauta maravillosa! ¡Su sonido haría aparecer a Azucena, como un fantasma, entre la niebla!

Se la acercó a los labios y tocó lo que aproximadamente debía de ser el soniquete de «Linóleo», el misterioso buhonero.

La cabra no apareció, pero su balido se escuchó, contestando a la mágica invocación. Era un balido muy débil y muy triste, como un lamento. Tino se asomó al embudo rebosante de espuma blanca, que poco a poco, a jirones, se iba disipando.

—¡Allí está!

Tino no pudo contener un estremecimiento. La cabrita, enredada por las lanas a un árbol raquítico que crecía en la pavorosa pendiente, colgaba como una blanca bandera sobre el abismo.

Tino midió la distancia que le separaba de ella y le pareció una distancia enorme. Sobre todo porque allá abajo una boca negra parecía estar esperándole para tragarle.

Por dos veces se volvió de espaldas y empezó a bajar, agarrándose a las matas empapadas que se le escurrían de las manos, para subir muy deprisa y allí pensar seriamente en abandonar a la cabra a su suerte.

—¡No tiene remedio! ¡Se irá al fondo! ¡Si tuviera una cuerda, podría salvarla, pero así es imposible!

—¡Beee! ¡Beee! —los balidos de Azucena partían el corazón.

—¡Soy un cobarde! ¡Eso es lo que soy! ¡Me da vértigo! ¡Tengo miedo a matarme!

Azucena empezó a patalear como una insensata, tratando de desenredar sus lanas de la rama salvadora.

—¡No te muevas! ¡Que te vas al fondo! ¡Espera, que voy por ti! —y apretando los dientes, invocó a las dos madres que tenía en el cielo —¡Madre! ¡Virgencita de las Nieves! ¡Protegedme!

Un trueno colosal hizo retemblar la montaña. Tino asió con fuerza las matas para no caerse, y siguió descendiendo y descendiendo. Siglos se le hicieron los minutos que tardó en meter el pie entre el árbol y la roca.

—¡Quieta! ¡Quieta, te digo! ¡Que nos caemos las dos!

Resbaló, pero pudo agarrarse al tronco, que cedió ligeramente.

—¡No sacudas la cabeza, que vas a partir la rama!

La rama se partió, pero Tino ya había sujetado el cuello del indómito animal y había conseguido dejar a Azucena en equilibrio inverosímil sobre un saliente.

—¡No te muevas de ahí! ¡Ya estás libre, pero un resbalón, y se acabó para siempre, «Azucena»! ¡Ahora tenemos que subir! ¡Parece que ese trueno ha sido el final de la tormenta! Menos mal. Ya no llueve. Arriba, Azucena. Pero con muchísimo cuidado. Yo iré delante para enseñarte el camino.

Azucena, tan desobediente como siempre, saltó inesperadamente de roca en roca, pasó como un meteoro por delante de Tino y escaló el precipicio, asomándose arriba, con un balido burlón, para contemplar los apuros del muchacho.

—¡Beee! ¡Beee!

—¡Eres un demonio! ¡A ver cómo me las arreglo yo para llegar hasta allí!

La tormenta, rugiendo, se alejaba hacia el interior. El sol salía de vez en cuando por entre las nubes que caminaban a retaguardia del fatídico nubarrón.

Canturreando, bajaba Tino con su cabrita a la espalda, sujeta por las patas. Azucena balaba muy ofendida por el trato poco galante de su pastor.

—¿Y aún te quejas, después de lo que me has hecho? ¡Eh! ¡No me muerdas la boina, que ésa no se come! ¡Y no te hagas la pesada, que nos caemos los dos!

A los ruidosos balidos del irascible animal se mezclaron unos lejanos e impresionantes aullidos. El oído finísimo del cabrerillo no podía equivocarse. ¡Eran lobos! ¡Lobos que atacaban a un rebaño!

Entre los aullidos percibió Tino el ladrido angustiado de un perro pastor.

—¡Es Lobi! ¡Están atacando a mi rebaño!

Dejó a Azucena en el suelo y la arrastró por una oreja monte abajo, sin miramientos. Los dos rodaron por la ladera hasta cerca del lugar donde se había quedado Lobi vigilando.

El espectáculo que se ofreció a sus ojos no se le olvidaría en la vida. Algunas cabras y ovejas estaban tendidas sobre la hierba, degolladas. Las demás, como enloquecidas, corrían en todas direcciones. Un lobo huía llevándose un corderillo entre los dientes.

—¡Malvado! —gritó Tino mirándole con odio— ¡No te lo llevarás! —y volteó su honda, arrojándole una piedra que dio en el blanco. El lobo soltó su presa, y cojeando y aullando, huyó como un demonio aterrorizado.

—¡Malvados! ¡Cobardes! ¡Si llego a estar aquí, a palos os machaco los sesos!

Recogió al corderillo, que balaba muy débilmente, y le acunó en sus brazos, mientras buscaba a Lobi, que no aparecía por ninguna parte. Azucena le seguía, con la cabeza gacha, un poco avergonzada del desaguisado que se había armado allí por culpa suya.

—¡Lobi! ¡Lobi!

Allí estaba, tendido detrás de una piedra y bañado en sangre. Tino dejó al corderillo junto a una oveja que le acogió entre sus lanas y le dio de mamar, y él se arrodilló ante el perro, cogiéndole la cabeza y llenándosela de besos.

—¡Oh, Lobi! ¡Mi Lobi querido! ¡Te han matado!

Lobi abrió los ojos y aulló como en un susurro. ¡Vivía!

—¡Ya sabía yo que no podrían contigo! ¡Eres mi lugarteniente, y eso también lo saben ellos! ¿A cuántos has puesto fuera de combate?

Lobi se levantó renqueando para decírselo. Entonces pudo ver Tino la enorme herida que tenía en el cuello y que aún sangraba copiosamente.

—¡No! ¡No hagas esfuerzos! ¡Quieto! ¡Tengo que curarte!

Llenó la boina en un regato cercano y la llevó, inflada y goteando, junto al perro que metió el hocico en ella y bebió con avidez.

—¡Eh! ¡Que es para lavarte la herida! Pero puedes beber lo que quieras. Te has portado como un valiente, y los valientes pueden hacer lo que les dé la gana.

Azucena, con el desparpajo que le caracterizaba, también quiso beber en la boina, pero Tino la apartó de un empujón, increpándola con dureza:

—¡Para los desertores no trae agua vuestro capitán! ¡Si quieres agua, ya sabes dónde está!

Azucena comprendió la indirecta, dio media vuelta y se alejó hacia el regato contoneándose descaradamente.

8. En la habitación del piso bajo de su casa, Tío Quico, de pie, con los brazos cruzados y rígido como una estatua, escuchaba sin pestañear y con los labios muy apretados el relato que su sobrino le hacía de la catástrofe.

Junto a Tino, con el cuello vendado por un pañuelo salpicado de sangre, Lobi permanecía sentado sobre sus patas traseras, guardando un respetuoso silencio, mientras hablaba su capitán.

—La culpa de todo —concluyó éste, sin abandonar su posición de firmes— ha sido de ella. ¿Verdad que sí, Lobi? ¿Verdad que sí?

Lobi asintió con un breve pero enjundioso ladrido.

—La culpa de todo —empezó a decir Tío Quico con inquietante lentitud— la tienes tú, Tino. ¡Tú! —y fue aumentando paulatinamente la velocidad de sus palabras— ¡Tú, que no debiste abandonar tu rebaño, para ir en busca de tu cabra favorita!

—¡Eso no! Nada de favorita. Lo hubiera hecho por cualquiera de ellas.

—¡Y dejar que a las demás se las comieran los lobos! ¿Te parece bien? —la indignación tiñó de rojo el semblante adusto del viejo— ¡Eres un mal pastor, Tino! ¡No has cumplido con tu deber!

—Mi deber...

—¡No repliques! ¡Tu deber era quedarte allí, con todas, aunque los lobos acabaran contigo! ¡Pero tuviste miedo! ¡Miedo nada más!

—¿Miedo yo? Si yo...

—Por eso saliste corriendo y dejaste el rebaño abandonado.

—Nada de eso, tío —protestó el acusado, señalando a Lobi que, ajeno a la discusión, trataba de morder el nudo del pañuelo que llevaba al cuello— Ni Lobi ni yo hemos tenido miedo a los lobos. No es la primera vez que nos enfrentamos a ellos. Ni será la última, ¿eh, Lobi?

Tío Quico se sentó y tamborileando en la mesa, dejó caer con ironía:

—Eres muy optimista, Tino. Claro que será la última. Al menos yendo al monte con «mi» rebaño —y recalcó el pronombre posesivo, para disipar cualquier duda.

Tino era un ingenuo y no comprendía el alcance de tales palabras.

—¿Quién va a llevarlo entonces? ¿Tú, tío?

—Otro pastor con más cabeza que tú: Nolín, el hijo del Señor Manolo.

—Ahí va —se echó a reír Tino—. Ese canijo sólo sirve para despachar «eso» detrás del mostrador —y señaló la botella que el anciano acariciaba maquinalmente.

—¿Eso? ¿Y qué es «eso»? —preguntó él, separándose de la botella y mirando hacia otro lado.

—El «pimplen» —aclaró Tino, levantando la mano y acercándose el pulgar a los labios— El licor, vamos.

Aquella fue la gota que rebasó la medida. Tío

Quico pensó que su sobrino le estaba afeando su debilidad por las bebidas demasiado fuertes. Saltó como una hiena, le agarró de la zamarra y le zarandeó hasta quedarse con un trozo de la piel en la mano.

—¡A tu tío! ¡Has insultado a tu tío! —vociferó— ¡Miserable! ¡Desagradecido!

—¡Pero si yo no he dicho nada!

—¡Vete! ¡Quítate de mi vista!

Era temprano aún para irse a la cama. Tino se ofreció a ir a la huerta.

—¿A la huerta? ¿A qué?

—A ayudarte a quitar las hierbas malas.

—Aquí no hay más hierba mala que tú. Pero voy a arrancarte para siempre. ¿Me has oído? ¡Vete!

—Pero, ¿adónde? —quiso saber Tino, dispuesto a obedecer.

—¡Donde no te vuelva a ver jamás!

Tino empezó a temblar. ¿Qué quería decir con aquella palabra terrible? ¿Jamás? ¿Eso significaba que le echaba de su casa? ¿Que le echaba para siempre?

—Para siempre— confirmó Tío Quico, rema-

chando su sentencia con una palmada en la mesa. —Ahora mismo recoges tus cosas y te largas, para siempre.

—¡Para siempre! ¡Para siempre! —repitió el cabrerillo como en sueños. Y luego, como despertando, asustado, preguntó: —¿Y adónde voy a ir, si no tengo a nadie en el mundo?

—Tú verás. Rebaños no faltan. Pastores necesitarán. Pero tendrás que irte del pueblo, porque aquí, después de lo que has hecho, nadie querrá confiarte su ganado. De manera que, ya sabes, cuanto más lejos, mejor. Anda, recoge tus cosas.

—Si no tengo cosas, tío. Lo que llevo puesto.

—¿Y arriba no tienes nada, clavado por las paredes? ¿Que me tienes el cuarto hecho una pocilga? Tienes que desalojarlo, para el pastor que venga.

Abrió una alacena, sacó una libreta y una caja de hierro con asa, y las puso sobre la mesa.

—Anda, recoge tus cosas, te digo. Yo voy a echar tus cuentas.

Tino, antes de subir escaleras arriba, quemó su último cartucho.

—Pero, tío... ¿De veras piensas echarme de

esta casa? —y tuvo que hacerse sangre en los labios para no llorar.

—Yo nunca hablo por hablar. Pienso mucho las cosas, pero cuando tomo una determinación, jamás me echo atrás. Entraste en mi casa de pastor. No has cumplido como Dios manda y quedas despedido.

—Está bien —contestó el muchacho con voz trémula. —Vamos, Lobi— y subió lentamente las escaleras, con la cabeza gacha, pero sin llorar.

Fue en su cuartito del desván donde, después de cerrar la puerta, se abrazó al perro y sollozó entrecortadamente.

—¡Aquí no nos quieren, Lobi! ¡Aquí no nos quieren! —Lobi le lamía las lágrimas— ¿Dónde nos querrán?

Levantó los húmedos ojos al almanaque y se vio navegando en aquel mar demasiado azul.

—¡En América nos querrán! Nos iremos a América, Lobi. Sí. No me mires con esa cara de extrañeza. Allí todos los pastores son millonarios. Cobran en dólares. Te lo digo de verdad. ¿Vendrás conmigo?

Para Lobi todo lo que le decía su capitán era

una orden. Y las órdenes se cumplen sin discutir. No tenía por qué convencerle. A América, y al fin del mundo, le acompañaría él. Pues no faltaba más.

Algo importante olfateaba en el aire, al ver que Tino arrancaba de la pared la fotografía y la estampita, y las contemplaba largamente.

—¡Madre! —murmuraba Tino—, tú nunca me hubieras echado de esta casa. ¿Verdad que no? Tú me hubieras perdonado, porque sabes que no lo hice con mala intención. Fue Azucena, que es una loca. No podía dejar que se matara. ¡No podía!

La voz se le rompió y otra vez las lágrimas surcaron sus mejillas mientras introducía en el zurrón la fotografía, la estampita, una novela del oeste americano, muy útil para orientarse en el Nuevo Continente, y las dos piedras azules que le molestaban en el bolsillo del pantalón. ¡Ah, y la flauta! ¿Cómo no?

—¡Tino! —chilló Tío Quico, que se impacientaba abajo— ¿Tánto tardas en hacer tu equipaje?

—¿Mi equipaje? —sonrió el cabrerillo, contemplando tristemente su zurrón.

Se lo echó al hombro, enrolló la manta y se la puso en bandolera, agarró el cayado, y después de una última mirada a sus antiguos dominios, hizo una seña a Lobi y salió, bajando muy despacio los escalones, que rechinaron bajo sus alpargatonas de cuero, en una melancólica despedida.

Tío Quico le esperaba, sentado ante la mesa, manoseando un montón de billetes y de monedas que se apilaban en el hule a cuadros del mantel.

—¿Ya estás? No sabes la pena que me da el haber llegado a este extremo, pero yo nunca me he echado atrás.

—¡Qué le vamos a hacer! —suspiró Tino— Adiós tío. Que te vaya bien.

—Espera —y golpeó con el lápiz la libreta—. Las cuentas son las cuentas. Éste es tu jornal desde que entraste a mi servicio.

Tino abrió dos ojos como hogazas, recreándose en el montón de billetes y de monedas. Con aquello sí que podrían llegar a América él y su lugarteniente.

—No me va a caber en el zurrón.

—Espera —le advirtió el viejo deteniendo su ademán—. Las cuentas son las cuentas. De aquí hay que desquitar esto por la manutención —y separó un puñado que tiró en la caja de hierro—. Esto por la habitación, y por la ropa —y echó otro puñado en la caja.

—¿Por la ropa? ¿Qué ropa? —inquirió Tino, mirando su camisa remendada y las perneras desiguales de su pantalón.

—Lavado, planchado y demás —explicó Tío Quico.

—Ah, ya.

—Te quedan exactamente... —hizo varias sumas y restas en la libreta —seis mil reales.

—¡Seis mil reales! ¡Cuánto dinero! —palmoteó Tino entusiasmado.

—Ahora bien, valorando las cabezas de ganado, muy por debajo de su precio...

—¿Las cabezas? ¿Qué cabezas?

—Las que por tu culpa han desgraciado los lobos.

Tino se desinfló. Tío Quico encerraba puñado tras puñado en la dichosa caja, achicando el montón de un modo alarmante. Al fin, sólo quedó un billete que el viejo le enseñó, diciendo:

—Sólo te corresponden estos veinte duros.

—Bueno. Tino se encogió de hombros. A él, lo que le dieran.

Pero las cuentas no habían terminado.

—Si te llevas esa manta, tendré que descontarte tres.

—¿Tres pesetas?

—Tres duros. Pues no está buena ni nada esa manta. Habrá que comprar una nueva para el que venga. Así que tres duros menos. ¡Ah!, y los diez de la flautita, que el Señor Manolo me ha pasado la cuenta.

Tino volvió a encogerse de hombros.

—Bueno, tío. Lo que sea. Dame lo que te parezca.

—No, no; las cuentas son las cuentas. Te corresponden en justicia sesenta pesetazas. ¿Estás conforme?

—Lo que tú me des.

—A propósito de dar —recordó, levantándose y sacando de la alacena un paquetito—. Toma estas provisiones, para el viaje.

—Tino, enternecido por el gesto de su tío, metió el paquete en el zurrón. No era tan malo como decía la gente. Ni tan tacaño tampoco.

Allí dentro estaba la prueba de su buen corazón.

—Gracias, tío. Muchas gracias.

—No me lo agradezcas. Era lo lógico. Algo tendrás que comer hasta que te coloques en alguna parte. Ahí va un queso, unos chorizos, tocino y una hogaza de pan. —Fue a su libreta y echó sus cuentas— que son cinco y siete, doce, y tres, quince... ¡Eso! ¡Quince pesetas! Porque el pan no te lo cobro. Así que, en definitiva, te corresponden cuarenta y cinco pesetazas. ¡Ah!, no, cuarenta, que va una morcilla también, y ésa te la tengo que cobrar. ¿De acuerdo?

—Sí, sí —se apresuró a aceptar Tino—. Dámelas, porque si seguimos contando, va a resultar que encima te debo dinero y no tengo con qué pagarte.

Tío Quico torció el gesto y le dio el lápiz para que firmara su conformidad en la libreta. Pero lo pensó mejor y fue a la alacena en busca de una pluma. Al pasar por delante de la ventana, exhaló un grito de horror.

—¡Mis flores! ¡Demonio de cabra!

Azucena, desde fuera, metía la cabeza y se comía las rosas blancas de una maceta, con espinas y todo. Le encantaban.

—¡Maldito animal!

Salió corriendo de la casa, con un palo para pegarla. Pero Azucena no era muy amiga de Tío Quico, y no estaba dispuesta a tolerar sus golpes.

Retrocedió, agachó la cabeza y empezó a escarbar con la patita. Su enemigo, con el garrote en alto, retrocedió a su vez, tropezando con un camisón tendido a secar.

Tino, enarbolando su cayado, avanzó resueltamente hacia la cabra con la autoridad que le prestaba su condición de capitán.

—¿Todavía no has escarmentado, bribona? —la agarró de una oreja y la zarandeó. —¿Quieres que me vaya, llevándome tan mal recuerdo de ti? Prométeme que no volverás a mochar a este señor.

Azucena no quiso comprometerse a nada. Se revolvió furiosa y se ganó un buen azote que la hizo balar de cólera, intentando soltarse para emprenderla con su enemigo.

—¡Llévatela, Tino! —suplicó Tío Quico, que detrás del camisón, parecía que lo tenía puesto.

—¡Te la regalo! ¡Véndela, si quieres! Algo te darán por ella —su camisón tiritaba de miedo.

—¿No me descontarás las cuarenta pesetas? —quiso cerciorarse el escarmentado cabrerillo.

—¡No! ¡No te descontaré nada! ¡No quiero ni verla! ¡Llévatela, te digo!

—Si tuviera algo con qué atarla...

—Entra tú y coge lo que quieras. Yo de aquí no me muevo.

—Vigílala, Lobi. Si se desmanda, duro con ella.

Lobi montó la guardia, mientras Tino entraba en la casa.

—¡Y llévate también tus cuarenta pesetas! —le gritó Tío Quico, retrocediendo aún más y buscando la protección más sólida del barril de agua de lluvia.

Tino tomó su dinero. Ni un céntimo más. Lo besó y se lo guardó. Después echó un vistazo a su alrededor. No había ninguna cuerda, pero en la mecedora estaba la blanca pantalla que había adornado su tío con aquella cinta de raso azul, que tanto podía lucir al cuello de su cabrita.

—No te mereces una corbata tan bonita, pero

la tendrás —y tiró del lazo del pasacintas y se lo llevó arrastrando como la cola de una cometa.

—¡Mi cinta de seda! ¡La que traje de la feria! —se escandalizó al verla su dueño.

—Como dijiste que podía coger lo que quisiera... —se disculpó Tino, atando la cinta al cuello de la cabrita. —Anda, que cómo vas a presumir de corbata, Azucena. Como te vean los americanos, se van a quedar bizcos.

Con lágrimas en los ojos, se asomó al redil y se despidió de sus huestes.

—¡Adiós, Galana! ¡Adiós, Golosa! ¡Pórtate bien, Marquesa!

No pudo despedirse de todas, porque estaba viendo que iba a dar el espectáculo. Las ovejas y las cabras balaron a coro, amenazando con derribar la cerca para marcharse con él.

—¡Vámonos, Azucena! —y tiró de ella, sin volver la vista atrás—. ¡Vamos, Lobi, que América está muy lejos y se nos hace tarde! ¡Adiós, tío! ¡Adiós!

Apoyado en su garrota que casi levantaba más que él, se alejó por la vereda. Azucena trotaba ligera, feliz de abandonar para siempre aquella casa. Lobi tampoco se quedó rezagado, contento de acompañar a su amo a donde él quisiera. Tan sólo Tino se hubiera detenido para saludar por última vez al viejo. Pero sabía que se echaría a llorar como una Magdalena y un capitán debe dar buen ejemplo a sus soldados.

Tío Quico, desde la puerta, a medida que el muchacho se perdía en el polvo del camino que doraban los últimos rayos del sol, sentía crecer en su pecho una congoja indefinible, unos locos deseos de salir corriendo tras él, de apretarle contra su corazón, de llenarle de besos y decirle que se quedara para siempre. Pero vio la maceta deshojada, sin sus queridas rosas blancas, y su rostro se endureció, sus manos se crisparon y el rubor de la ira inflamó sus pálidas mejillas.

Rechinó los dientes, le amenazó con el puño, masculló una imprecación y entró en la casa, cerrando tras él de un violento portazo.

9. Tino atravesó las calles, con la cabra y el perro, haciéndose el distraído y fingiendo no ver

cómo la gente se apartaba, le volvía la espalda y se metía en sus casas, para no saludarle.

Donde terminaba el pueblo y empezaba la carretera, en la casuca del peón caminero, el cabrerillo tropezó con el viejo y su hija María que salían por la puerta. El peón caminero llevaba su gorra engalonada de encarnado y su azada de arreglar las cunetas. María, tan rubia y tan lozana, agarraba el botijo para llenarlo en la fuente.

El padre se detuvo al ver a Tino y se llevó la mano a la frente, como si se le hubiera olvidado algo dentro de la casa y tuviese que volver a buscarlo. Tino comprendió que tampoco quería hablar con él, para no comprometerse. María, en cambio, dejó el botijo en el suelo y corrió hacia él.

—¿Adónde vas, Tino?

María quería mucho a Tino. Y él también la quería. Si no fuera tan mayor, y él tan pequeño, hubiera pensado seriamente en casarse con ella algún día.

—Ya ves, María. Me marcho del pueblo.

—Tu tío te ha echado de casa, como si lo viera.

—Tino asintió, suspirando.

—¿Por qué no te quedas con nosotros? Se lo voy a decir a mi padre.

Pero no se atrevió, porque le vio salir con la azada al hombro y pasar junto a ellos, volviendo la cara y escupiendo a la cuneta.

—Déjalo, María. No conseguirías nada. En el pueblo todos piensan igual que él. Y en el fondo tienen razón. Soy un mal pastor que he descuidado mi rebaño, por esta cabrita loca —Azucena baló porque el tirón de su amo le había apretado demasiado el lazo—. En América no me conocen. Allí me tomarán.

—¿Vas a América, Tino? —preguntó María con avidez.

—Claro. Allí los pastores están muy considerados. Cobran en dólares.

—¿Podrías hacerme un favor?

—Los que tú quieras.

María se sacó una carta del pecho. Era para Germán, su Germán, que un día se marchó a América y desde entonces no había vuelto a tener noticias de él.

—Iba a dársela al cartero, ¿sabes? Pero ya le

he dado muchas, y como si nada. Se conoce que todas se pierden en el barco.

—Esta no se perderá —prometió Tino, guardándola cuidadosamente en el zurrón—. Se la daré yo mismo.

—¿Tú crees que le encontrarás?

—Entre pastores... todos nos conocemos, mujer.

—Pero América es muy grande.

—Yo daré con él. Y le echaré una buena reganiña por haberse olvidado de ti.

—¿Tú también piensas que se ha olvidado de mí? —y María manoseó nerviosamente una de sus rubias trenzas de princesa y la mordió repetidas veces.

—Los millonarios se olvidan muy pronto de los pobres —sentenció Tino—. Adiós, María —y le tendió la mano.

—Adiós, Tino. Que tengas mucha suerte —le cogió la cara y le plantó un beso, como una estrella, en mitad de la frente.

Tino, tirando de Azucena, se alejó por la carretera sin mirar hacia atrás. Hizo bien, porque María llenaba de lágrimas su pañuelo, y eso lo sabía Tino; y Tino estaba dispuesto a no llorar, y no llorar, y no llorar, ¡ea!

10. Dormir bajo techado es un lujo para un pastor. Tino había pasado muchas noches, allá en los picos, sin más abrigo que el de su mantita agujereada y demasiado corta para él. Por eso no extrañó los guijarros que la primera noche le sirvieron de colchón en una cuneta, ni la hierba del carro donde descansó la segunda vez, ni el saco de paja que le brindó su lomo al declinar su tercera jornada de camino.

Dormir bajo techado es un lujo cuando sólo se tienen cuarenta pesetas en el bolsillo y hay que llegar con ellas hasta América. ¡Con lo lejos que está eso! Hay que ahorrar, no gastar ni un céntimo, porque acaso con las cuarenta pesetas sólo tengamos para pagar el pasaje, y gracias.

Pero dormir era lo de menos. Había que comer también. Azucena se las arreglaba ella sola, tronchando y desmochando a derecha e izquierda, sin acercarse para nada al paquetito de los víveres. Lobi, en cambio, sólo probaba la hierba para mantener en forma su aparato digestivo, que funcionaba demasiado bien y le obligaba a aproximarse con excesiva frecuencia al dichoso paquetito, que iba adelgazando de un modo alarmante.

—Basta ya, Lobi. Esto te lo guardo para la cena —el perro gemía y lloriqueaba, pero su amo se mostraba inflexible—: Tienes hambre, ¿verdad? Y yo también. Aguántate, como yo. Esta noche compraremos pan. Un pan de los grandes. Cueste lo que cueste. Ya lo sabes.

Pero Lobi sabía que aquel pan no se compraría y que se acostarían sin cenar. Tino quería llegar a la ciudad sin deshacer el nudo del pañuelo que atenazaba su tesoro, y Tino era tan tenaz como su pañuelo.

—Andando, Lobi, que se anda mejor con el estómago ligero.

El ejemplo del capitán animaba a su lugarteniente y el fiel animal le seguía con la cabeza gacha y la lengua fuera, carretera adelante, sin rechistar.

Azucena, como siempre, se quedaba atrás, saboreando las hierbas de la cuneta. Para ella el viaje no era una arriesgada aventura, llena de sacrificios y penalidades, como una expedición militar; para ella, la cosa se parecía bastante a una excursión agradable, a un paseo organizado por una agencia de turismo. Lobi, exhausto y famélico, se encargaba de recordarle su deber a fuerza de mordiscos y de ladridos.

El sol calentaba el asfalto de la carretera y Tino lo sentía como la plancha de un horno bajo sus pies. Más de una vez había pensado en detenerse a descansar a la sombra centelleante de un chopo, pero volvía la vista atrás y veía aún tan próximos los nevados picachos de la cordillera, que temía no avanzar nunca lo suficiente para que desaparecieran en la distancia, para siempre. Y apretaba el paso, y seguía andando y andando sin parar.

Lobi, poco a poco, se fue rezagando. Se sentó en mitad de la carretera y empezó a jadear. La lengua le colgaba como un trapo.

Tino soltó a Azucena, que se perdió en un maizal, y él retrocedió hacia su perro, dispuesto a llevarle en brazos, como hacen los buenos capitanes con sus soldados. Pero un camión venía por la carretera, levantando una oleada de polvo.

—¡Lobi! ¡Quítate de ahí! ¡Que te atropellan!

Lobi se recostó, impasible como una esfinge, mientras el camión frenaba con un aullido, rozándole con el parachoques.

—¡Chucho! ¡Fuera! —le gritó el conductor, asomando la cabeza por un lado de la cabina. Era un hombre gordo y congestionado, con el brazo lleno de tatuajes, como los marineros.

—¡No es un chucho! —protestó Tino, con energía—. ¡Es un perro pastor!

—¡Pastores! —gruñó el conductor—. ¡Al monte! ¿No sabéis andar por la carretera?

—Sí, sabemos andar —Tino no se asustaba tan fácilmente—, pero nos gustaría poder ir en coche, como usted.

El gordo de los tatuajes se echó a reír. Y también uno, flacucho y largo como un fideo, que se sentaba a su lado.

—No nos desafiéis —amenazó el flacucho, asomándose por el otro lado—, que somos capaces de llevarte con tal de no volverte a encontrar delante de las ruedas.

—Por mí, encantado —aceptó Tino—. Llevamos tantas horas andando...

El conductor quiso saber adónde iban. El cabrerillo no tenía por qué ocultárselo:

—A América.

—¿A América?

El conductor y su ayudante se miraron con la boca abierta. Después soltaron una carcajada.

—Bueno —dijo al fin el gordo, de buen humor—, tan lejos no podemos llevarte. Ni siquiera a la capital. Pero te acercaremos. Anda, sube.

—Con el perro, ¿verdad? —Tino no había pensado ni por un momento en abandonar a su fiel amigo— ¿Cabremos ahí dentro?

—Tú, sí —contestó el ayudante—. El perro tendrá que ir en la caja, detrás. Pero cuidado con las flores. Son para una exposición.

Tino ayudó a Lobi a encaramarse a la caja. Había poco sitio libre, porque estaba llena de macetas de rosales, con tantas rosas que aquello parecía un jardín.

—¡Beee!

Azucena asomó entre las panojas del maizal.

—¡Vamos, turista! ¡Que te quedas en tierra! —y tiró de ella hasta llevarla al camión.

El conductor, tan congestionado, palideció.

—Pero, ¿cómo? ¿Una cabra también? ¡Me vas a convertir el coche en el arca de Noé!

Fue más difícil subir a Azucena. Era más rebelde que Lobi, pero el flacucho, como buen ayudante, ayudó, y el perro y la oveja, asomando las cabezas entre las rosas, vieron cómo los nevados picachos de la cordillera se iban quedando atrás, y atrás, empequeñeciéndose, desdibujándose entre la niebla, hasta borrarse por completo.

—¿Vas cómodo?

Tino no iba cómodo. Prensado entre el obeso y sudoroso conductor, que parecía clavarle en un ojo el ancla de su tatuaje marinero cada vez que daba un viraje, y el codo afilado del huesudo ayudante que se le empotraba entre las costillas, no iba cómodo ni mucho menos. Pero, ¿qué iba a decir?

—Voy... muy cómodo.

—Ya sabemos que la cabina de un camión no es el camarote de lujo de un trasatlántico —bromeó el conductor, moviendo el volante para sortear un carro y obligando a Tino a agachar la cabeza para sortear el ancla.

—Ah, sí —dijo entonces el flacucho, dando a

Tino sin querer con la rodilla en la nariz—. Un trasatlántico, como ese que vas a usar tú para irte a América.

—Pues no hace falta dinero ni nada para viajar en un trasatlántico —y el del volante lanzó un resoplido como el de un ventilador.

Aquel hombre con tantos tatuajes debía de saber lo que costaba el pasaje. Tino decidió preguntárselo, por si el precio le permitiera distraer algunas perrillas de su tesoro y comprarle a Lobi el pan que le había prometido.

—¿Cuánto costará un billete para América? —y aventuró—: ¿Más de cuarenta pesetas?

—¿Cuarenta pesetas? —el conductor se le quedó mirando tan asombrado, que luego tuvo que mover muy aprisa el volante para no chocar contra una tapia.

—Y cuarenta mil —exclamó el otro.

—No tanto. No tanto. No hay que exagerar. A lo mejor no es tan caro, pero con cuarenta pesetas no te llevan ni a la esquina, muchacho.

—Menos nosotros, que te llevamos gratis, y además te vamos a dar de merendar —y el flacucho sacó de detrás del asiento unos enormes bo-

cadillos de tortilla de patatas y de chorizo, que partió con una navaja, para que Tino probara de los dos.

—Dale, Lipe —insistió el chófer, mordiendo con una mano y conduciendo con la otra—. ¡Dale más! ¡Y de la bota también!

—Bebe, chaval —le animó el flacucho, con la boca llena. Parecía mentira que comiera tanto y que no engordara.

Tino no quiso beber. No tenía costumbre. Los pastores bebían leche; leche nada más. Al ver cómo bebían aquellos hombres, se acordó del Tío Quico y de su anís estomacal. Fue un momento, un recuerdo que se le encendió y se le apagó como un relámpago, pero que le llenó los ojos de lágrimas, le apretó el corazón y le hizo sollozar.

—¿Qué te pasa, muchacho? ¿Estás llorando? —le preguntó el flacucho, preocupado.

—No —mintió Tino—, es que el chorizo es muy fuerte y me pica en la garganta y la nariz.

Mientras los dos hombres reían, él acabó de soltar las lagrimitas que se le habían quedado atragantadas y no acababan de salir.

11. Muchos kilómetros más allá, el camión frenó delante de un paso a nivel.

—Bueno. Ya hemos llegado, muchacho —anunció el obeso y congestionado conductor, que ahora, fatigado del viaje, parecía mucho menos obeso y congestionado—. No podemos llevarte más lejos. Tenemos que desviarnos hacia el vivero. ¡Lipe! ¡Deja salir al chico!

El ayudante, que dormitaba contra la portezuela, se despertó sobresaltado.

—¿Eh? ¿Qué? —y se desperezó, abriendo después lentamente la portezuela y descendiendo para desperezarse mejor en mitad de la carretera.

—¡Tienes la ciudad a dos pasos! —le gritó a Tino el conductor—. ¡Y aún puedes acortar siguiendo la vía del tren!

—Gracias —Tino se metió la mano en el bolsillo y sacó el pañuelo anudado. —¿Cuánto les debo por el viaje? —preguntó, apretando su tesoro.

—¿Qué dice? —El gordo, desde dentro de la cabina, no le había oído bien.

—¡Que nos quiere pagar, Miguel! —sonrió el ayudante—. Anda, anda. Guárdalo para el trasatlántico —y le empujó con suavidad— ¿Te echo una mano para bajar la cabra y el perro, o puedes tú?

—Claro que puedo yo. No faltaba más. Y muchas gracias.

Lobi saltó al suelo al primer silbido, y Azucena, mientras el flacucho entraba en la cabina y cerraba de un portazo, dio uno de sus brincos montaraces y cayó encima del lugarteniente, que lanzó un aullido. Azucena sabía hacer bien las cosas. No había saltado la primera para caer en blando, sobre el paciente lomo del abnegado Lobi, que ni siquiera la mordió.

Tino, sin embargo, no podía permitir aquella falta de consideración y se fue hacia ella para darle un tirón de orejas. Pero se detuvo espantado. La cabrita rumiaba el tallo de una rosa que asomaba entre sus dientes.

Una horrible sospecha se apoderó del cabrerillo. Volvió los ojos al camión que se alejaba rugiendo y echando humo, y pudo ver el erial en que se había convertido aquel jardín de rosas de exposición que antes llevaba. Palos de escoba, mondos y lirondos, había hecho la insaciable Azucena de aquellos rosales, cuya última flor desaparecía lentamente, sibaríticamente, entre los hocicos de la cabra.

12. Después de una noche al raso, arrebujado en su mantita demasiado corta para él, pero abrigado por el doble edredón de Lobi y Azucena, Tino volvió a emprender el camino a la ciudad. Al cruzar el paso a nivel, le acometió la duda. ¿Qué sería mejor? ¿Tirar carretera adelante o seguir la vía del tren?

Sopesaba las ventajas y los inconvenientes de una y otra ruta cuando vio venir un coche lanzado a toda velocidad.

Azucena, husmeando algo en el asfalto, estaba de espaldas al coche, en medio de la carretera. El coche le soltó un estruendoso bocinazo, pero la cabra ni se inmutó.

Lobi, comprendiendo el peligro que corría, saltó desde la cuneta, la mordió en una pata y se puso delante de ella, protegiéndola con su cuerpo.

—¡Apártate, Lobi! —le gritó Tino, agarrando a Azucena y echándola a un lado—. ¡Apártate, que te atropella! —y como loco se precipitó hacia él.

Pero no llegó a tiempo. El coche pasó como un rayo resplandeciente y embistió al desdichado Lobi que, con un ladrido ahogado, salió despedido hacia la cuneta.

—¡Lobi! ¡Lobi! —y el cabrerillo, mientras el coche desaparecía haciendo chillar sus ruedas en una curva, se inclinó sobre su más fiel amigo, intentando reanimarle. —¡Lobi! ¡Levántate! ¡Tienes que venir conmigo!

Lobi roncaba más que jadeaba, sin fuerzas para alzar ni la cabeza. Los ojos se le volvían de cristal y la sangre que le manaba de su herida del costado se iba enfriando entre los dedos de su capitán.

—¡Lobi, por favor, no te me mueras! ¡Los lobos no pudieron contigo! ¿Quién va a poder entonces? Eres mi lugarteniente. Tienes que acompañarme a América. Allí tendrás un rebaño inmenso. Y un collar de pelo, con clavos de punta, para que nadie se atreva a acercarse a ti. ¡Lobi! ¡Oh, Lobi! ¡Contéstame! —pegó su oído a los hocicos de su amigo, pero nada oyó. Ni el ronquido de antes siquiera. Le besó, le abrazó, le sacudió,

le zarandeó con todas sus fuerzas, pero el desdichado Lobi se había convertido en un perro de trapo.

—¡Lobi! ¡Lobi! —le gritó entonces desesperado—. ¡Contéstame! ¡Dime que no te has muerto!

Lobi, obedeciendo por última vez a su amo, entreabrió los párpados, le lanzó una mirada que quería ser alegre, arqueó sus mandíbulas en una sonrisa de ternura y admiración infinitas, y exhaló algo que muy remotamente podía parecerse a la sombra de un ladrido. Después, agotado por el tremendo esfuerzo, se quedó inmóvil y no volvió a dar señales de vida.

Tino, abrazado a él, lloraba y repetía entrecortadamente su nombre. Al otro lado de la carretera, Azucena, por primera vez, había dejado de rumiar, de pensar en la comida, y contemplaba a su capitán y a su lugarteniente con una mirada nueva, de ternura y admiración, como si el último resplandor de los ojos de Lobi se hubiera grabado en los suyos, igual que en un espejo, para siempre.

13. En el cielo rosa y gris de la mañana, delante de un cuadradito de tierra removida y amontonada en la colina verde de un prado, se recortaban las siluetas de Tino y Azucena. Los dos tenían la cabeza baja y miraban al suelo.

Tino, con las manos juntas, rezaba. Rezaba a las dos madres que tenía en el cielo y les contaba lo solo que se había quedado.

Azucena no rezaba. Las cabras no rezan. Pero lamía blandamente la tierra que cubría el cuerpo del que todo lo había dado por salvarla a ella de la muerte.

El pitido largo de una locomotora rompió la quietud de la escena. Un tren pasaba por la vía cercana y se alejaba en dirección a la ciudad.

Tino partió su cayado en dos pedazos, los ató en cruz con su pañuelo y clavó la punta del pedazo más largo en la tierra removida.

El pitido de la locomotora volvió a sonar, muy lejano, cada vez más lejano, como llamándole.

—Adiós, Lobi. Adiós, amigo. Nunca nos olvidaremos de ti —y el cabrerillo tiró de Azucena, que se dejaba arrastrar con insólita docilidad, y se la llevó por el sendero que bordeaba la vía, siguiendo el rastro de humo de la locomotora, que aún le silbaba en la distancia, llamándole a la ciudad.

14. La caminata no había sido demasiado larga para él, acostumbrado a caminar. Fue de repente cuando comprendió que estaban llegando a la capital. Las vías se iban multiplicando y enredando cada vez más. Pasaban trenes en otra dirección y locomotoras resoplaban, empujando hileras interminables de plataformas con sacos de harina y de cemento.

El rumor tranquilo del campo, con alguna chicharra y algún grillo, el silbido de un pájaro o el mugido de una vaca por toda canción se había convertido en un vocerío de sirenas, de motores trepidando, de bocinas, de gritos y de martillazos.

Las casas, sembradas a voleo por los prados, se habían ido juntando y juntando hasta parecer una sola, con muchos pisos más, y más ventanas. El verde de los prados y de los árboles no se veía por ninguna parte. El alquitrán y el cemento lo habían tapado todo.

Una máquina, haciendo maniobras, salía del inmenso hangar de la estación y se dirigía hacia ellos por una de las innumerables vías que Tino y su cabra trataban de cruzar en ese momento.

Resultaba difícil adivinar cuál era la vía de aquella locomotora y Tino apresuró el paso, andando torpemente entre los guijarros ahumados y las peguntosas traviesas. Azucena, en cambio, maestra en caminar por terrenos difíciles, se las arreglaba muy bien. Gracias a ella salieron de aquel laberinto, sorteando la embestida de la enfurecida máquina, que pasó bufando, envuelta en un chorro de vapor.

Sin hacer demasiado caso a los gritos y aspavientos del maquinista, Tino tiró de Azucena y atravesó el andén. Después, agachándose un poco, pasó por debajo de una valla y se encontró en una gran explanada, con muchas casas muy altas a su alrededor.

Había hierba, mucha hierba, por ahí. Hierba de ciudad, polvorienta, raquítica, como el pelo alicaído y lleno de calvas de un tiñoso. Pero Azucena tenía demasiada hambre para hacer ascos y melindres, y, sin más, se puso a comer.

Tino también tenía hambre, un hambre rabiosa, y lo peor era que nada comestible le quedaba en el zurrón. Pero la vista también alimenta, y los ojos del cabrerillo se habían detenido en una enorme tienda de campaña plantada en medio de aquel solar y rodeada de vagones pintados de colores.

—¡El Circo! —exclamó entusiasmado.

Una vez había ido el Circo al pueblo, pero no era igual. Aquél había sido un circo de titiriteros que trabajaban encima de una alfombra, en la bolera del Señor Manolo. Sin más orquesta que una trompeta, y sin más animales que un perrito sabio, mucho menos inteligente que el pobre Lobi, y una cabra toda sucia y apestosa que no podía compararse con su blanca y lustrosa cabrita, su querida Azucena.

—¡El Circo!

Ahí estaba el Circo. El Circo de verdad. Con sus leones y sus payasos, sus trapecistas y sus magos. ¿Trabajaría allí «Linóleo», el mago más famoso de todos? Había que enterarse.

Arrastrando a Azucena, que interrumpió malhumorada su banquete, Tino se metió entre los vagones y los carromatos del Circo. Al pasar delante de una jaula, los tigres que dormitaban dentro y tomaban indolentes su baño de sol, se despertaron y se lanzaron contra los barrotes mordiéndolos y asomando sus zarpas entre feroces rugidos.

Azucena baló indignada, pero se separó prudentemente.

—Anda, que si te engancha uno de esos, no lo cuentas —rió su pastor, poniéndose un poquito pálido.

Cerca de la lona gigante, una valla de colorines cerraba el paso a los curiosos. Encima de la puerta habían puesto un cartel que decía: «El Paraíso de los Animales». Niños y mayores entraban con bolsas de cacahuetes, terrones de azúcar y pan.

Tino y Azucena se sintieron empujados por la gente y entraron sin darse cuenta, ni ellos, ni el hombre vestido de húsar que cortaba los papelitos que le entregaban al pasar.

En el interior de aquel «Paraíso de los Animales» había muchísimos, separados por cercas,

alambradas y barras de hierro clavadas en el suelo, sujetando gordísimas maromas.

Delante de una cebra se detuvo Tino, enseñándosela a Azucena.

—Mira. Un caballo pintado a rayas. Debe de ser de los payasos.

Más lejos, un ciervo masticaba el pedazo de pan que acababan de darle.

—Fíjate, Azucena: parece una oveja, pero tiene una percha en la cabeza.

El del traje de húsar se acercó a ellos y dijo a Tino:

—Oye, niño, ¿quieres hacer el favor de dejar esa cabra en su sitio? No se pueden sacar los animales fuera de las vallas. Está prohibido.

—Esta cabra es mía. La he traído yo.

—¿Y por dónde has entrado?

—Por la puerta, como todo el mundo.

—Yo no te he visto. No te hubiera dejado pasar. No pueden entrar los animales.

—¿Que no? ¿Y cómo han entrado todos éstos?

El húsar, como buen militar, carecía de sentido del humor. No toleraba que aquel mocoso se burlara de su uniforme.

—¡Éstos viven aquí! ¡Son del zoológico del Circo! —clamó iracundo—. ¡La empresa, cuando los admite, por algo será!

—Y la empresa esa, ¿no podría admitirme a la cabra mientras yo iba en busca de «Linóleo»? ¿Qué te parece, Azucena? Les darán ustedes bien de comer, ¿verdad? ¿Y cuánto cobran por la pensión?

—¡Esto no es ningún hotel, muchacho! —y el rostro del húsar empezó a ponerse tan encarnado como la guerrera de su uniforme.

—Bueno, en este «Paraíso» he querido decir. ¿Me la admiten?

—Aquí no se admiten animales —el húsar estaba agotando sus últimas reservas de paciencia, de calma y de serenidad. —Eso es por el otro lado, donde están las fieras.

—Vamos, Azucena —y tiró de la cabrita que asediaba a una niña, tratando de arrebatarle su cartucho de cacahuetes. —A ver si te admiten. No puedo cargar contigo por toda la ciudad.

—¿Me das tu billete? —ordenó el húsar, extrañado de haber cometido una falta que podía costarle cara.

Tino no le escuchaba. Cerca de la salida había una jaula de monos que brincaban y se colgaban de la cola, armando una algarabía infernal. Entre ellos le pareció reconocer al mono de «Linóleo», el buhonero.

—¿Me das tu billete? —repitió el húsar a sus espaldas.

—¿Qué billete? —preguntó Tino sin comprender.

—El billete para entrar.

—¡Pero si yo voy a salir! ¿Es que para salir se necesita billete?

El húsar se quedó muy tieso, con la boca abierta, como un soldadito de madera, pegado a su peana, mientras Tino salía del «Paraíso» con la cabra a rastras y cavilando en el parecido de aquel mono con el que había bailado, allá en el pueblo, al son de la flauta que él llevaba en el zurrón.

15. —¡Mira, Azucena! ¡Payasos!

No eran payasos de carne y hueso. Estaban

pintados en un cartel. Tino había rodeado el gigantesco cono de lona, buscando el lugar donde admitían a los animales, y aquel cartelón le había cortado el paso.

Junto al niño y su cabra, un hombre joven, con los ojos tan azules y el pelo tan rubio y tan ensortijado como un príncipe, pero el traje tan remendado y los zapatos tan rotos como un mendigo, contemplaba también el anuncio, pero fijándose menos en las caras de los payasos que en el precio de las entradas.

—¡Payasos, Azucena! ¡Payasos! Tú no has visto nunca payasos. Yo sí, cuando estuvieron en la tienda del señor Manolo y contaron muchos chistes y rifaron una botella de coñac.

—¡Mira dónde pisas, chaval! —y el príncipe disfrazado de mendigo le dio un codazo, porque Tino le había chafado uno de aquellos zapatos que ya estaban de mírame y no me toques.

El cabrerillo levantó la cabeza y le vio la cara por primera vez.

—¡Germán! —exclamó, asombrado—. ¿Tú aquí? Pero, ¿no estabas en América?

¡Era Germán, el novio de María, la hija del peón caminero!

¡El que se había marchado un día del pueblo y no se había vuelto a acordar de ella!

—¡Germán! ¡Traigo una carta para ti, de María!

Hurgó en el zurrón, pero al alzar los ojos con la carta en la mano, el otro había desaparecido.

—¡Germán! ¡Germán!

Germán corría, tropezando en las estacas que sujetaban la carpa del circo, y cruzaba la explanada, sorteando los vagones y los carromatos. Tino no podía comprender el motivo de aquella fuga inesperada.

—Tiene miedo de que le eche una regañina —pensó, cargándose la cabrita al hombro, y apretando a correr detrás de él—. Pero no se me escapa. Se la echaré y cumpliré el encargo de María. Estos millonarios...

Mientras cruzaba las calles detrás del fugitivo, que trataba inútilmente de despistarle, Tino se preguntaba por qué un millonario como Germán, que había estado tanto tiempo en América, cobrando en dólares, iba tan pésimamente vestido.

—Será para despistar, y que no le pidan dinero. Pero a mí no me despista.

Y tanto que no le despistaba. Por más que se colaba entre los automóviles, se escondía detrás de los kioscos de periódicos, se mezclaba entre la gente o disimulaba delante de un escaparate, Tino, provocando alucinantes embotellamientos de tráfico, carreras y pitidos de guardias y chillidos de señoras histéricas, acababa por salvar todos los obstáculos, alcanzar a Germán y obligarle a correr una vez más.

—Si no fuera por ti —jadeó Tino—, ya le habría atrapado. Hay que ver lo que pesas, Azucena. ¡Buuf!

Atravesaron un puente sobre la ría, y siguieron bordeándola por el otro lado, en dirección al mar. Cerca del muelle, Germán desapareció detrás de una grúa que levantaba una pila de sacos de cemento. No había más que cemento en la capital.

—¡Ahí está! ¡Se ha metido en esa taberna! ¡Le cacé! ¡Ya no se me escapa! —y Tino dejó a Azucena en el suelo, sacó la carta, un poco arrugada ya, la planchó sobre el pecho frotándola con la palma de la mano, y lenta, muy lentamente, llevando a la cabra de la cinta como llevaría un cazador su lebrel, avanzó hacia la madriguera donde se había ocultado la pieza que tenía que capturar.

16. La taberna de «La Boya Roja» era una taberna marinera. Con su barco de vela colgado del techo, sus remos de trainera clavados en la pared, sus faroles de tempestad, sus mesas de roble y sus banquetas con algún lobo de mar fumando en pipa, y un viejo tocador de acordeón.

Germán, apoyado en el mostrador, ante un vaso tan gordo como un pisapapeles, espiaba por el cristal de la ventana. Pero el cristal estaba tan esmerilado por el salitre de la brisa marina y la falta de jabón, que no pudo decirle si estaba a salvo o no de su perseguidor.

El clarete que le cayó en el estómago le devolvió la tranquilidad. Pagó y se dirigió a la puerta para observar desde allí, porque, con el roce de los que entraban y salían, los cristales estaban más limpios.

Pero la puerta se abrió de par en par y en el

Baja Roja

umbral apareció Tino apuntándole con la carta, como si de una pistola se tratara.

Germán, acorralado, intentó escabullirse, pero la vocecilla de Tino estalló en la taberna como un pistoletazo:

—¿Por qué te escapabas, Germán?

—¿Escaparme yo? —y el novio de María se rió como un conejo— ¡Bah!

—Si no vengo a pedirte nada. Al contrario. Tengo un recado para ti. Carta de María.

—¡Trae acá! —y bruscamente trató de arrebatársela, pero Tino la escondió a la espalda.

—Primero tendrás que decirme por qué no le has contestado a las demás. Te ha escrito a América infinidad de veces.

—¿A América? —alguien se había reído detrás del mostrador. Era el tabernero, un hombre de rostro curtido, de mandíbula de sabueso y un parche negro sobre el ojo izquierdo, como los que usan los piratas.

—Ven, Tino —murmuró Germán con aire misterioso, llevándole hacia la mesa del rincón—, aquí podemos charlar sin que nos molesten.

Tino se dejó llevar, y tras él, olfateando el sobre de la carta, se fue también Azucena.

—Siéntate, Tino —el cabrerillo obedeció y metió a la cabra debajo de la mesa, acostándola y apoyando los pies encima de ella para que el pirata del mostrador no protestara. El lamento del acordeón apagó sus balidos de cólera. Menos mal. Con tal que el pirata no viniera...—. ¡Una gaseosa y un porrón!

—¡Va enseguida, Germán! —le contestó el filibustero desde el mostrador.

A Tino no le hizo ninguna gracia aquello. ¿Para qué pedir nada? ¿Para atraer a aquel corsario, con cara de comerse a las cabras crudas? Entregaría su cartita y saldría de allí cuanto antes mejor.

—Cuéntame, Tino —Germán tenía ganas de hablar— ¿Qué te trae por la capital? ¿Está enferma y la llevas al veterinario?

Germán señalaba debajo de la mesa, mientras el pirata se acercaba a ellos con una bandeja. Tino contuvo la respiración. Ahora les pondría de patitas en la calle.

—¡Qué va! ¡Es que nos vamos para allá!

—¿Para dónde?

—Para donde tú acabas de venir: para América.

—¿América? —y el filibustero volvió a soltar su risita guasona, destapando la gaseosa, poniendo el porrón y un platazo de aceitunas sobre la mesa y observando con su único ojo a Azucena, que le sostuvo la mirada.—América para los americanos —se burló, volviendo al puente de mando de su mostrador.

Tino, más tranquilo, quiso saber la causa de aquellas bromitas, pero Germán suspiró y le pidió la carta. Bebió un largo chorrillo del porrón, para darse ánimos, y rasgó el sobre.

—¿Qué te dice?

Varias veces le preguntó, pero desistió de interrumpirle, porque a medida que iba adelantando en la lectura, su semblante se iba arrugando más y más y sus ojos azules se iban haciendo más brillantes, hasta que de ellos saltó al papel la gota amarga y caliente de una lágrima.

Tino, que comía aceitunas y más aceitunas para acallar la voz del hambre que le gritaba en

el estómago, miró a su amigo con infinita compasión.

—¿Qué te dice? ¿Malas noticias?

—No es eso, Tinín —y Germán estrujó la carta contra su pecho—. Tú no lo comprenderías. ¡María se cree que me he olvidado de ella! ¡Y no es verdad! ¡Se figura que me marché a América! ¡Y tampoco es verdad!

—¿Qué estás diciendo? ¿Que no es verdad...?

—No, Tinín. Vine a eso. A marcharme. A ganar mucho dinero, para volver al pueblo y casarme con ella. Pero... —y ahogó un sollozo—, pero me faltó...

—¿Te faltó valor? ¿Tendrías miedo a marearte en el barco?

Germán sonrió a través de sus lágrimas.

—Me faltó dinero, Tinín. ¡Dinero! Yo traía mis ahorros, pero no eran suficientes para pagar el pasaje. Entonces...

—¿Por qué no volviste al pueblo a buscar más? Tú tienes quién te lo dé. Yo, en cambio... —y a Tino también le entraron ganas de llorar.

—Nadie en casa quería que me fuese. Decían, y acaso tuvieran razón, que América está en España. Tenía que arreglármelas yo solo. Pensé trabajar aquí, en el muelle, cargando sacos...

—De cemento, ¿verdad? —Tino ya empezaba a entender de ciudades.

—De lo que fuese. Pero me engañaron. Me hicieron jugar, a las cartas, prometiéndome que ganaría lo que me faltaba. Como si eso se pudiese prometer. ¡Lo perdí todo! ¡Todo! Y ahora aquí me tienes, sin poder volver al pueblo, para que se rían de mí y me señalen con el dedo, y trabajando de cargador en el puerto. Un pastor como yo, sin más rebaño que un montón de barriles y de cajas, que se van donde yo no puedo ir.

Germán se pasó la mano por la frente, y como si acabara de atrapar allí, entre sus dedos, al causante de todos sus males, lo encerró en el puño y se lo enseñó a Tino.

—¡Si no hubiera sido por él!... ¡Él tuvo la culpa! —y dio un puñetazo sobre la mesa, haciendo saltar las últimas aceitunas que quedaban en el plato.

—¿Él? ¿Y quién es él? —inquirió Tino, recogiendo las aceitunas.

—¡Linóleo! —pronunció el otro.

—¿Linóleo? ¿El mago?

—Tú no le conoces. Es un charlatán, un embustero. Aquí, en «La Boya Roja», tiene su cuartel general.

—¿Aquí?

—Sí. Oficialmente se dedica a vender baratijas por las aldeas, pero su mejor negocio es el de desplumar a los pobres emigrantes que llegan a la capital. Los engatusa y les gana todo lo que llevan. Maneja los naipes con una habilidad... Nadie podría asegurar que hace trampas, pero el caso es que no pierde jamás.

—¡Linóleo! —repitió Tino, temblando de pena y de desilusión—. ¡Linóleo! ¡Linóleo! ¡Entonces no eres un mago! ¡Eres un malvado hechicero!

Como si las últimas palabras del cabrerillo hubieran sido un extraño y poderoso conjuro, la puerta de «La Boya Roja» se abrió y una figura muy alta y muy delgada, con un gorro moruno que parecía un flan de grosella y un traje estrafalario de estilo oriental, penetró resueltamente, saludando a todo el mundo.

—¡Buenos días, señores!

—¿Qué tal se ha dado la venta, Linóleo?

—¿A cuántos has engañado hoy, Linóleo?

—Convídanos con las ganancias, Linóleo.

Tino sintió que su corazón latía más deprisa, mucho más deprisa, muchísimo más deprisa. Germán se levantó.

—Me tengo que ir, Tino. El capataz me estará esperando. Volveré a la hora de comer, porque comeremos juntos, ¿eh? Tienes que contarme muchas cosas —y luego, señalando a Linóleo que se había apoyado en el mostrador y reía con el pirata, le advirtió: —Ése es el tipo de que te he hablado. Mucho cuidado con él. Hasta luegó —Y se alejó.

Al pasar junto al mostrador, Linóleo tocó a Germán en el hombro.

—Se saluda a los amigos, Germán.

Germán se volvió y miró al viejo con desprecio.

—¿Amigos? ¿Desde cuándo? —y se marchó, dando un portazo que hizo retemblar ruidosamente los cristales de la puerta.

17. ¿Por qué se había sentado Linóleo en la banqueta que había dejado vacía Germán? ¿Por qué miraba tan fijamente a Tino? ¿Por qué no se había levantado el cabrerillo y se había ido con su cabra a otra parte? Hay cosas que no tienen explicación.

Tino, con los ojos bajos, seguía comiendo aceitunas y bebiendo gaseosa. Cuando el plato se acabó y en la botella no quedaba ni una gota, no tuvo más remedio que alzar la cabeza y mirar al nigromante. En las pupilas del muchacho se mezclaban el miedo, la cólera y el desprecio, con unas chispitas de admiración que poco a poco se iban extinguiendo.

Linóleo, que no era tonto, ni mucho menos, captó aquella mirada en sus matices más sutiles. Por eso no quiso iniciar él la conversación. Esperó pacientemente a que el chico hablara. Y Tino habló al fin, con acento desabrido:

—¿Qué me mira? ¿Es que tengo monos en la cara?

Linóleo le rió la gracia con tales gestos y muecas que Tino se vio obligado a sonreír.

—Así me gusta, muchacho. A tu edad no está

bien poner cara de juez y mirar al suelo sin saludar a los viejos amigos.

—Usted y yo no somos amigos —refunfuñó Tino.

—¿Que no? Tengo buena memoria.

—Y yo también. Por eso.

—Vaya —y el buhonero ladeó cómicamente el gorro moruno y arrugó la nariz, consiguiendo que una risilla nerviosa le temblara a Tino en el estómago—. Se conoce que la flauta que te vendí no te ha dado el resultado que esperabas.—Adoptó súbitamente una actitud misteriosa, miró a derecha e izquierda, y acercando su banqueta a la mesa, apoyó su mano de largos dedos, como tentáculos, sobre la de Tino, que no la retiró: —Ya te advertí —cuchicheó— que sólo con la melodía del derviche podrías conseguir lo que desearas. ¿Tú la sabes tocar? —Tino se sintió ganado por los efluvios que salían de los dedos del charlatán. Aquel hombre sería un embustero, un estafador, pero algo tenía de hechicero, o de derviche, o de qué sé yo qué, porque era muy simpático, muy alegre, y atractivo: fascinador —Contéstame. ¿La sabes o no la sabes tocar?

—En realidad, ... no —confesó Tino.

—¿Lo ves? Así, ¿cómo quieres que te obedezca? Yo te enseñaré. Pero aquí no. Es un secreto secretísimo —Tino había sacado la flauta del zurrón— ¡No, por favor! ¡Que no te vean! ¡Yo te llevaré a un sitio muy misterioso, donde estemos solos los dos, y allí, los dos juntos, invocaremos al derviche y podrás verle y pedirle lo que quieras, pero aquí no!

Tino pensó decirle que aquella flauta no servía para nada y que era mejor que se quedara con ella y le devolviera los diez duros, que buena falta le hacían para que no le pasara lo que a Germán. Pero lo pensó nada más. La flauta le había dado más de una prueba de sus maravillosas cualidades, que podrían haber sido coincidencias, casualidades, pero que le impedían considerar a Linóleo como un mentiroso a flauta cabal.

—Bueno —se limitó a decir—, ya veremos si aparece ese derviche.

—¿Y qué le vas a pedir? —él lo daba por descontado.

—Pues... —titubeó—, un pasaje para América.

—¿También tú quieres marcharte a América? —y Linóleo abrió mucho los ojos.

—También yo —afirmó Tino con energía—. Pero yo no me gasto el dinero que traigo.

—Ah —sonrió el viejo con picardía—. ¿Traes dinero? ¿Mucho dinero? —y así, al desgaire, como quien no quiere la cosa, sacó unos naipes y se puso a barajar.

—No se moleste —aconsejó Tino—. Yo no sé jugar a las cartas.

—Eso está bien —aseguró el otro, soltándolas una a una sobre la mesa, como si a él lo único que le interesaran fueran los solitarios—. Los jugadores pierden hasta la chaqueta.

—¿Se refiere usted a Germán? —dijo Tino con cierto retintín.

—¿Germán... Germán? ¿Y quién es ese Germán? ¡Ah, ya! ¡Ya caigo! ¡Bah! Tú no eres tan tonto como él. A ti no hay quien te engañe. —y se guardó la baraja, pero una carta se le cayó debajo de la mesa y cuando se agachó a recogerla, se encontró con los dientes de Azucena que ya tenía el naipe entre ellos—. ¡Quita, bicho! ¡Dame eso! Luego dirán que Linóleo juega con cartas marcadas.

Tino tuvo que intervenir para que la cabra soltara su presa.

—¿Es tuyo este animal?

—También viene conmigo —asintió Tino.

—¿A América? No te lo dejarán llevar —y al ver la cara de preocupación que ponía Tino, insistió, remachando el clavo: —Los animales son un estorbo para los viajes. Yo tuve que desprenderme del mío.

—Ya lo he visto en el «Paraíso» del Circo. ¿Se lo cuidan bien?

—¿Cuidármelo? ¿A mí? —se extrañó, reaccionando instantáneamente y afirmando con convicción: —¡Ah, sí! Está muy bien atendido. Me lo cuidan estupendamente.

—Es como un hotel de animales, ¿verdad?

—Exactamente. Como un hotel iba a decir. O un colegio interno. Yo voy a verle todos los domingos y le llevo cacahuetes.

—Había pensado dejar allí a Azucena hasta arreglar lo de los pasajes, pero no sé lo que me costará.

—Pagan muy bien —y el buhonero se interrumpió tapándose la boca—. Quiero decir

—rectificó— que cobran muy poco. ¿Tú cuánto dinero tienes?

Tino pensó callárselo. Era lo más prudente, después de los consejos de Germán. Pero lo pensó nada más. Linóleo preguntaba de una manera que no había más remedio que contestar. Como un manso cordero, se metió la mano en el hondo bolsillo y sacó el papel de periódico donde lo tenía guardado. El pañuelo se había quedado atando la cruz de la tumba de Lobi.

—Esto es lo que tengo.

Los largos tentáculos de Linóleo se apoderaron del envoltorio y lo desdoblaron con una rapidez y una habilidad pasmosas.

—¿Cuánto hay aquí? —preguntó volcando las monedas sobre la mesa.

—Cuarenta pesetas.

Los dedos del viejo ya las habían contado.

—Ya. Esto es la calderilla, pero los billetes, ¿dónde están?

—¿Billetes? ¿Qué billetes?

—¿Y con esto piensas marcharte a América? El asombro del charlatán se reflejaba en su semblante y en sus ademanes. Tan pronto parecía que iba a estallar de risa como que iba a morir de un ataque al corazón. El gorro cambiaba de posición encima de su cabeza sin encontrar su sitio, mientras sus dedos manoseaban las monedas y las contaban y recontaban sin cesar.

—¡Cuarenta pesetas! —exclamó al fin, resoplando—. Pero, ¿tú te das cuenta de lo que son cuarenta pesetas? Con esto no hay ni para empezar. Ni para cruzar la bahía, muchacho.

Contempló largamente a Tino y en sus astutas pupilas surgió una ráfaga de ternura y de compasión. Pero sólo fue una ráfaga. En seguida, riendo como un loco, recogió las monedas, se las guardó en el bolsillo y gritó, palmoteando:

—¡A ver! ¡Casa! ¡Otro porrón y otra gaseosa! ¡Y dos cazuelas de calamares en su tinta!

—¡Va en seguida! —contestó el pirata guiñándole el único ojo visible.

—¿Te gustan los calamares, muchacho? —y el buhonero se frotó las manos, relamiéndose— Son la especialidad de «La Boya Roja». Pero si no te gustan, pide otra cosa. Porque supongo que tendrás apetito. Menudo banquete nos vamos a dar. Hay que celebrarlo, amigo.

—Pero el dinero... —protestó débilmente Tino.

—No te preocupes por el dinero. Hoy pago yo.

—Es que... mi dinero...

—Ya te lo he dicho. Ni para empezar. Para los primeros gastos. ¿Y qué mejores gastos que éstos? Tienes que tomar fuerzas para el viaje que vas a emprender.

—Pero si me lo gasto...

—Ya le pediremos más al derviche. ¡A ver esos calamares! ¡Que son para hoy!

—¡Van en seguida! ¡Ya están marchando!

—¡Una ronda para todos! —invitó generosamente Linóleo, haciendo sonar en el bolsillo el tesoro de Tino—. ¡Tú, el del acordeón! ¡Acércate y tócanos algo, que también hay un trago para ti!

Tino, ante la cazuela que le ponían debajo de los ojos, lo vio todo muy negro. Intentó rebelarse, protestar, gritar, exigir su dinero, pero nadie le hubiera escuchado. El porrón pasaba de mano en mano entre los marineros, que cantaban a coro y llevaban el compás a puñetazos sobre las mesas, mientras atronaba el aire el aullido desgarrado del acordeón.

18. —¡Tengo que esperar a Germán!— le había dicho Tino al buhonero.

Pero el charlatán se había encogido de hombros. ¿Para qué necesitaba Tino a ese desdichado? Él era su protector, su amigo; el único que podía resolverle la papeleta de llegar hasta América sin dinero. Sin dinero, sí, porque el banquete y la convidada habían costado muchísimo más de las cuarenta pesetas que pasaron del bolsillo de Linóleo al cajón del mostrador del filibustero, que le fió el resto y se lo puso en la cuenta.

—¡Tengo que esperar a Germán! —le había repetido una y otra vez.

Pero el buhonero le había sacado de «La Boya Roja» porque, según decía, allí la cabrita no podía estar. Los clientes se habían quejado. Y si no, que se lo preguntara al pirata, que iba a decir que sí, como siempre, y a guiñar su único ojo.

—Ya le explicarán que te has venido conmigo, a dar una vuelta por el muelle y a escoger el barco que más te guste para marcharte.

Tino y su cabra le siguieron. ¿Qué iban a hacer?

Los tres caminaban por el malecón. La gente se paraba a mirarles. Un turista les hizo una foto.

Era un grupo pintoresco, digno de un retrato en color.

Tino recorrió con la vista todos los buques que dormían la siesta en el blando y dorado colchón del agua de la dársena. Ninguno era un trasatlántico. Todos eran barcos de pesca.

—Yo creo —opinó Linóleo, deteniéndose— que lo primero que debemos hacer es ocuparnos de la cabra.

—Ya me ocupo yo —tranquilizó su dueño, apartándola del musgo que asomaba por la cesta de un pescador de caña. El pescador, sentado en el borde del malecón, retiraba la cesta con visible temor a un baño en plena digestión si Azucena tomaba a mal su falta de gentileza con las damas. —¡Ven acá, Azucena! ¡Anda, deja eso! ¡Sé buena!

A duras penas consiguió evitar la venganza de su indomable animal. Linóleo aprovechó la coyuntura para plantearle la cuestión de confianza. O él o Azucena. Los dos, imposible. Eran incompatibles.

—Mira, Tino —ya habían fraternizado y se llamaban de tú.— Yo soy muy amigo de un carnicero que vive precisamente detrás de esas casas. Va-

mos a verle, si te parece. Te la pagará muy bien. Mejor que en el Circo. Ya lo verás.

¿Vender a Azucena? ¿Y a un carnicero? ¿Para matarla? ¡Jamás!

—Haz lo que quieras —se desentendió el otro—. Pero yo no me ocupo de tu viaje. Ni te presento a los capitanes de los barcos, ni te recomiendo a nadie, con ese demonio de bicho a rastras. Desembarázate de él como te plazca; véndelo, regálalo, tíralo al mar, pero quítamelo de delante, porque no respondo.

Azucena baló y escarbó amenazadora, enturbiando aún más las relaciones entre ambos.

A Tino se le ocurrió la gran idea. La llevaría al «Paraíso de los Animales» hasta el momento de embarcar. Allí estaría como en el mejor hotel.

—Muy bien —aprobó Linóleo—. Llévatela inmediatamente. Por esa calle, todo derecho, cruzas el puente de la estación, y llegas en seguida. Yo te espero aquí, o, mejor, delante de la pasarela de ese barco que acaba de fondear. Allí tengo buenos amigos.

—Y del dinero, ¿qué? —le gritó Tino, que no tenía para pagar la pensión de su cabrita.

—¡Tú no regatees! —le aconsejó su protector desde lejos—. ¡Lo que sea! ¡Lo que te den, tráelo y ya haremos cuentas!

—¿Lo que me den? —pensó Tino—. Pero, ¿es que me van a dar dinero encima? Ah, claro. Como cobran la entrada a la gente, a los dueños de los animales les darán comisión; ¡qué suerte!

Tardó bastante en llegar a la explanada del Circo y sobre todo en encontrar la puertecilla con el cartel que decía: SE ADMITEN ANIMALES.

El cartel no se podía leer bien porque habían colocado debajo un carretón con las almohadillas para los asientos de la pista, y la pila lo tapaba a medias. Pero no hacía falta, porque un hombre con uniforme de húsar, de húsar más simpático que el guardián del «Paraíso», al ver a Tino se metió en la garita de una taquilla y le llamó por el agujero:

—Aquí, muchacho. Acércate. ¿Qué deseas?

—Buenas tardes —y se quitó la boina—. Vengo a traerles esta cabra, a ver si me la admiten.

—¡Cómo no! —se apresuró a decir el simpático militar—. Admitimos toda clase de animales. Pero ahora no está el jefe. Tendrás que ponerte de acuerdo con él para lo del precio. Toma —y le entregó un cartoncito. ¡Qué amigos eran en el Circo de los cartoncitos!—. Es el vale de entrega. No lo pierdas. Lo necesitarás para cobrar.

Salió de su caseta y agarró a Azucena por el lazo para meterla por la puertecilla.

—Espere un momento —y Tino se arrodilló, abrazó a la cabra por el cuello y la llenó de besos—. Sé buena, Azucena. Muy buena. Aquí estarás muy bien. En el «Paraíso», fíjate.

El húsar suspiró y meneó la cabeza. ¡Pobre muchacho! ¡Cuánto la quería! En fin, la vida era así. Y desapareció, tirando de Azucena, que se resistía, doblando la cabeza y balando tristemente en dirección a su amo.

Satisfecho de haberla dejado en tan buenas manos, Tino apretó a correr camino del muelle. No hubiera pensado igual de haber tenido ojos en el cogote, porque los mozos de pista estaban llevándose las almohadillas del carretón, deshaciendo poco a poco la pila que ocultaba a medias el cartel. Ahora podía leerse entero y decía exactamente: SE ADMITEN ANIMALES... PARA COMIDA DE LAS FIERAS.

19. —¡Mi barco!

Ahí estaba, balanceándose junto al malecón. Acababa de fondear y el gorro del buhonero, como un flan de grosella, se movía por encima de unas cajas amontonadas a un lado de la pasarela.

Tino, de una carrera, casi sin respirar, llegó hasta allí. Linóleo conferenciaba con un hombre de uniforme blanco y dos marineros. La aparición de Tino no le hizo mucha gracia.

—Estamos hablando de negocios, Tino. ¿Quieres dejarnos un momento?

El cabrerillo comprendió. Discutían el asunto de su pasaje. El del uniforme blanco debía de ser el capitán.

Se sentó encima de un cajón y contempló el «trasatlántico». Visto de cerca no parecía tan grande, ni tan blanco tampoco. La grúa, por unos carriles, se había aproximado al buque y se llevaba en volandas enormes brazadas de sacos que salían de su interior. Unos hombres se los cargaban a la espalda y en hilera los llevaban a un camión. Entre los cargadores le pareció distinguir la cabeza rubia y ensortijada de Germán, pero toda manchada de polvo blanco. Le dio pena y fue a saludarle, pero no debía de ser él, porque le contestó con un gruñido y le dijo que se apartara. ¿Estaría enfadado porque no le había esperado, ni había comido con él y, en cambio, se había marchado con un individuo tan poco recomendable como Linóleo?

—¡Tino! —el buhonero le llamaba. El muchacho se apresuró a reunirse con él—. Nada, nada —le estaba contestando al del uniforme blanco—. No me traigas más medias de esas. Aquí las hacen tan buenas o mejores. Ni tabaco tampoco, si es a ese precio. El contrabando no interesa. Te buscas un lío para cuatro perras que vas a ganar.

—Pues se ve que prosperas —comentó con retintín el del uniforme blanco.

—¿Prosperar yo? —replicó muy ofendido el charlatán.

—Ya tienes ayudante.

—¿Ayudante?

El ayudante era Tino.

—¡Qué va! —saltó uno de los marineros—. Será uno de esos primos que quieren irse para América; Linóleo se encargará de quitarles las ga-

nas. Y el dinero —y soltó la carcajada, haciendo reír a todos. A todos menos a Linóleo que le fulminó con la mirada, y a Tino, que se quedó muy pálido y empezó a temblar.

El del uniforme blanco dejó de reír en seguida al ver la cara que había puesto Tino, y le preguntó:

—¿De veras te gustaría venirte a América, muchacho?

—Sí, señor; en su trasatlántico —repuso el cabrerillo entusiasmado.

—No es un trasatlántico, muchacho. El «Virgen de las Nieves» es un buque de carga. También admite pasaje, para Nueva Orleans, pero no es un trasatlántico, como aquel que dice.

—¡«Virgen de las Nieves»! —exclamó Tino—. ¿Se llama así su barco?

—No es mío, muchacho.

—Bueno, pero usted es el capitán.

—¿Capitán? —rió—. Cocinero y gracias. Claro que, bien mirado, tengo más categoría que él. Sin marmitas no hay buque que navegue. Son más pequeñas, pero más importantes que las calderas. Y siguió riendo.

—¿Cuándo nos vamos? —quiso concretar Tino.

El cocinero le bajó los humos con un jarro de agua fría, como hacía con sus marmitas.

—Nosotros largamos amarras al anochecer —dijo—. Pero tú me parece que te quedas en tierra.

—¿Por qué? —Tino miró desconsolado a Linóleo, que le volvió la espalda, haciéndose el desentendido.— Este señor ha quedado en arreglármelo todo.

—Ese «señor» habla mucho —recalcó el cocinero—. Es un charlatán. El único que puede arreglártelo soy yo.

—Pues arréglemelo —respondió Tino con una lógica aplastante.

—Déjame pensar, muchacho. Verás. Yo necesito un marmitón.

—¿Un marmitón? ¿Y qué es eso?

—Un galopillo.

—¿Galopillo? ¿Y qué es un galopillo?

—Uno que le ayude en la cocina —explicó uno de los marineros.

—Que le pele las patatas —continuó explicando el otro.

—... y que se coma las tajadas más gordas —concluyó el cocinero guiñando un ojo—. ¿Me comprendes? Si te avienes al trato, yo te «camuflo» en la cocina y tira p'alante. Por el pasaje, mantenido y demás, sólo le voy a cobrar a tu representante —y señaló a Linóleo— un billetito de... pongamos, cinco mil pesetas. ¿Te parece?

—¡Cinco mil pesetas! —vociferó el buhonero, alzando los brazos y agitándolos con indignación—. ¿De dónde va a sacar el muchacho tanto dinero?

—Eso es cuenta tuya, Linóleo. Tengo que resarcirme de la partida que aún no me has pagado. Tú verás. Si el chico está aquí esta noche con el papelito morado, embarca. Si no, lo siento mucho, pero los negocios son los negocios. Tendría que marcharme sin marmitón.

—¡Eh, tú! ¡Espera!

No había por qué esperar. Todo estaba hablado. El cocinero y los dos marineros treparon por la pasarela y desaparecieron en la cubierta del «Virgen de las Nieves».

—¡Hasta la noche! —gritaron.

—¡Hasta la noche! —les contestó Tino. Y luego, volviéndose a Linóleo, que se rascaba la barbilla con aire preocupado, le animó: —No es muy caro, ¿verdad?

—¡Qué va! ¡Regalado! —trató de bromear el charlatán. Pero encolerizándose bruscamente, le increpó: —¿De dónde piensas sacar esas cinco mil pesetas? ¿Eh?

—¿Cuántas te di? —replicó tímidamente, a pesar del tuteo—. Yo tenía...

—Tú tenías... Tú tenías... —gruñó el otro—. ¿Quién se acuerda ya de eso? Si supieras de cuentas, comprenderías que entre tus veinte pesetas...

—Cuarenta —rectificó Tino.

—Bueno, pues cuarenta. No vamos a discutir. Entre tus cuarenta pesetas y las cinco mil que necesitas, hay tanta distancia como de aquí a América. ¿Me has comprendido? Dime de dónde las sacamos. A ver. Yo, desde luego, no las tengo.

—Tú no, pero anda que él... —sonrió el cabrerillo, sacudiendo los dedos.

—¿Él? ¿Y quién es él?

—¿Quién va a ser? ¡El derviche! —y Tino sacó la flauta del zurrón.

—Mira, déjate de flautas ahora, que esto es una cosa muy seria.

—¿Y la flauta no lo es?

—Sí, sí, claro, pero... —el buhonero no sabía por dónde salir. Lo mejor era echar a correr y olvidar para siempre a aquel niño y a su... ¡su cabra! ¿dónde estaba la cabra? ¡Ah, sí! ¡Ésa era la solución! ¡La cabra! —¿Qué hiciste con ella? ¿La llevaste al Circo, por fin? —preguntó con ansiedad.

—Claro, para que me la guardaran hasta que salga el barco. Me han dado este vale para ir a recogerla —y el cartoncito que le habían entregado en la taquilla pasó de la mano menuda de Tino a los largos dedos de pianista de su amigo y protector.

—¡Pero, qué has hecho, insensato! —gritó Linóleo, después de leer lo que ponía en el cartón—. ¡Has vendido la cabra para dar de comer a los tigres!

—¡No! ¡Yo no he hecho eso! —se espantó Tino, poniéndose muy pálido y temblando de pies a cabeza.

—¡Sí lo has hecho! —vociferó el buhonero—. ¡Aquí lo dice bien claro! ¡Míralo! ¡Lee! —y le plantó el cartón delante de la cara— ¡Un animal tan hermoso! ¡Te darán por él cuatro perras, como si fuera un burro viejo o un chucho vagabundo! ¡No querías vendérsela a mi amigo el carnicero, que te la hubiera pagado a precio de oro, y se te ocurre malvenderla, en el circo, para comida de las fieras. ¡Sí, de las fieras! ¡Mira! ¡Lee!

Pero Tino ni miró, ni leyó. Le arrebató el cartón y salió corriendo, ciego de angustia y de terror.

—¡Azucena! ¡Mi cabrita querida! ¡No! ¡Eso no!

—¡Tino! ¡Tino! ¡Espera! —y el viejo, quitándose el gorro para que no se le cayera, se disparó tras él, gritando como un energúmeno.

20. Sin aliento, con las piernas que se le doblaban, sin fuerzas para hablar, Tino se apoyó en la taquilla.

—¿Qué quieres, muchacho? —preguntó una voz cavernosa que salía por el agujero de la ventanilla.

—¡M-mi cabrita! —articuló él al fin, llevándose

la mano al costado porque las palabras no querían salir—. ¡Mi cabrita querida! ¿Dónde está?

El de la voz cavernosa sacó la mano y le pidió el cartón.

—Toma —y se lo cambió por un billete de los grandes, de los morados, de los de cinco mil pesetas—. No podemos darte más por ella. ¡Y bien pagada está!

—¡No! —protestó enérgicamente Tino, con el billete en la mano—. ¡Yo no quiero esto! ¡No lo quiero!

—¿Te parece poco? —el de la voz cavernosa era el húsar antipático del «Paraíso de los Animales». Tenía que ser él—. No pagamos nunca tan cara la carne. Nos saldría más barata en el mercado, pero el domador quiere carne fresca para sus fieras. Por eso te pagamos así. Anda, márchate.

—¡Yo no quiero venderla! ¡No! ¡No quiero!

—¿Ahora sales con esas? ¡Vete! ¡Es demasiado tarde para reclamar!

¡Demasiado tarde para reclamar! ¡Demasiado tarde! El billete le temblaba entre los dedos igual que una hoja seca a punto de desprenderse del

árbol. Y aquella hoja, tan morada y tan mustia, cayó al fin, revoloteando, como muerta.

Unos dedos largos como tentáculos la atraparon en el aire.

—¡Cinco mil pesetas! ¡Te han dado cinco mil pesetas, Tino!

Linóleo, jadeando aún, contemplaba el billete con ojos exaltados.

—¡Estás de enhorabuena! ¡Ya tienes para el pasaje!

Un rugido sobrecogedor sacó a Tino de su apatía.

—¡Las fieras! ¡Las fieras! —repitió—. ¡Van a comérsela!

—Que se la coman —dijo el buhonero— y que les aproveche. Tú ya nada tienes que ver con ella.

Un balido lastimero salió de las profundidades del Circo. A través de la puertecilla, Tino vio pasar a su cabrita, arrastrada por su cinta de raso, camino del suplicio.

—¡Azucenaaa! —y saltó como un muelle hacia la puerta.

Linóleo le sujetó de un brazo.

—¡Quieto! ¿Estás loco? ¿Qué vas a hacer? —tronó.

—¡Devolveré el dinero! ¡Yo quiero a mi cabrita! ¡No permitiré que se la coman las fieras! ¡Suéltame!

—¡No te soltaré! —y los tentáculos le apretaron hasta dejarle el brazo sin sangre—. ¡Escúchame, Tino! ¡Lo hago por tu bien! ¡Créeme! ¡Yo no voy a quedarme con una sola peseta de este billete! ¡Va a ser todo para ti! ¡Por primera vez el estafador, el embustero de Linóleo, se va a portar como un caballero! ¡Déjame que te aconseje, que te ayude, que te proteja! ¡No quiero que acabes como el pobre Germán! ¡Escúchame!

—¡No quiero escucharte! ¡Suéltame!

—¡Es tu porvenir, Tino! —Los labios del charlatán temblaban, sus ojos estaban húmedos.— ¡Esa cabra no te sirve más que de estorbo! ¡En el barco no te la dejarán llevar!

—¿Que no? ¿Por qué? —y Tino, estupefacto, dejó de forcejear.

—Porque... Linóleo no encontraba el argumento decisivo, y necesitaba encontrarlo, ahora que el cabrerillo empezaba a ablandarse—. Porque... no sé... porque huelen muy mal.

El argumento carecía de fuerza para convencer a nadie, y menos a un pastor. Otro balido, más lejano y melancólico, y un coro de rugidos rabiosos, enloquecidos, trastornaron al cabrerillo que corrió hacia la puerta.

El buhonero volvió a sujetarle.

—¿No oyes? —le gritó en los oídos.

—¡Sí oigo! ¡Sí! —se revolvió Tino.

—¡No es eso! ¡Allí! ¡En el puerto!

El zumbido prolongado de una sirena llegaba hasta ellos entre los ruidos de la ciudad. Tino se estremeció.

—¡Es el «Virgen de las Nieves»! ¡Tu trasatlántico! ¡Te llama, Tino! ¡Te llama para llevarte a América! ¡Para convertir en realidad tu sueño dorado! ¡Olvida tu pasado, Tino! ¡Piensa tan sólo en tu porvenir!

La sirena del barco y los balidos de Azucena entraban cada uno por un oído de Tino y luchaban a puñetazos dentro de su cabeza. Por la cabrita había abandonado su rebaño. Por la cabrita se lo habían diezmado los lobos. Por la cabrita le habían echado de casa. Por ella se había quedado sin su mejor amigo, su lugarteniente, su Lobi. Por ella, siempre por ella, ¿iba a sacrificar también su porvenir?

¡Sí! ¡Sí! ¡Aunque no se lo mereciera, aunque fuese una desobediente, una maleducada, una ingrata. La quería, la quería, la quería con toda su alma!

—¡Suéltame! ¡Me haces daño!

—¡No te soltaré!

Tino le mordió en la mano y escapó entre los vagones del Circo. Linóleo, sacudiéndose los dedos y soplándoselos como si quemaran, corrió tras él, tratando de alcanzarle.

21. Todo fue muy rápido. Demasiado rápido. Tino se vio delante de la jaula de los tigres, que saltaban y rugían, sacudiendo los barrotes. Habían despojado a Azucena de su lazo de seda y la empujaban dentro de la jaula por una trampilla abierta en uno de los costados. Los tigres, al ver a Azucena ante ellos, balando asustada y agachando la cabeza, retrocedieron asombrados, gruñen-

do y tirando zarpazos al aire. Enseñaban los colmillos para rendir a su víctima por el miedo.

Tino, antes de que cerraran la trampilla, empujó a aquellos hombres crueles, los apartó, y se coló dentro.

—¡Ese niño! —bramó horrorizado un tipo de largos y afilados bigotes y torso desnudo de atleta, que con un palo en la mano vigilaba la comida de las fieras—. ¡Sacad a ese niño de ahí! ¿Cómo le habéis dejado entrar? ¿Estáis dormidos? ¡Corre un peligro inmenso!

A Tino no le importaba el peligro, por inmenso que fuese. Se había puesto delante de su cabrita y la protegía con su cuerpo. El atleta, con el palo, hostigaba desde fuera a los tigres y les mantenía a raya. Sacó un revólver de su cinturón y les amenazó. Pero no servían amenazas. Era la hora de la comida y los estómagos de las fieras no son como los de las personas. No pueden esperar.

De un zarpazo, el tigre más hambriento y que tenía los colmillos más largos, le desgarró el zurrón a Tino. La flauta cayó al suelo tintineando. El atleta apuntó a la cabeza de la fiera.

—No hace falta —sonrió Tino, acercándose la

flauta a los labios—. Es mágica. Llamaré al derviche para que les duerma mientras salimos.

Sonó la flauta, con un pitido estridente. Un único pitido que se quebró en el aire, de un zarpazo. Tino ahogó un grito y se llevó las manos al pecho.

Se tambaleó y cayó hacia atrás, en brazos del atleta que acababa de entrar en la jaula y disparaba furiosamente su revólver.

Abrieron la trampilla y el atleta salió con Tino, como dormido, entre sus brazos.

—¡Apártense! ¡Apártense! —los acróbatas, los payasos, la trapecista, y un señor muy elegante, de frac y con monóculo, se agolpaban junto a la jaula —¡Apártense! ¡Paso!

El atleta desapareció con Tino en el interior de una tienda de campaña, próxima a la gigantesca montaña de lona del Circo, que ya empezaba a llenarse de bombillas de colores a la luz incierta del atardecer.

Los acróbatas, los payasos, la trapecista, el señor del monóculo y del frac, y un verdadero ejército de húsares que salían por todas partes, siguieron al atleta hasta la tienda y se apiñaron a la puerta, gritando y gesticulando en una mascarada infernal.

Detrás de todos, temblando como la hoja de papel violeta que llevaba en la mano, con el rostro del color de la ceniza y los ojos fuera de las órbitas, se arrastraba torpemente Linóleo.

—¡Tino! —musitó, sorbiendo sus lágrimas—. ¡Amigo mío! ¡No te me mueras! ¡No! ¡No! ¡Antes tienes que perdonarme! ¡No te me mueras todavía!

Pero el atleta, llorando como un niño, salió de la tienda de campaña y apoyó con desmañada firmeza la maza de su puño en el hombro del buhonero.

—Ha muerto como un valiente —musitó—. Puede estar orgulloso de su amigo.

22. Allá arriba, muy arriba, donde la nieve de las cumbres se confunde con la blanca espuma de las nubes, un rebaño de cabras y de ovejas pace por la ladera.

Sentado en un risco, un pastor vigila aquel rebaño. Lleva su boinilla recogida en visera sobre la frente, su camisa a cuadros remangada, sus pantalones de perneras desiguales y sus alpargatonas

de cuero. Pero no se llama Tino. Es más alto, más rubio, y sus ojos son más azules y menos pícaros.

El nuevo pastor se llama Germán y ha vuelto al pueblo gracias al papelito morado que le dio, con mucho misterio, un buhonero que ahora se ha hecho vendedor de flores de un cementerio, para no separarse nunca más de una tumba muy blanca y muy chiquita, desde donde se pueden ver los trasatlánticos que se alejan mar adentro, llevándose a algunos pastores, no a todos, a la lejana América.

El nuevo pastor, a pesar de su humilde indumentaria, parece un príncipe, y su princesa, con un cántaro al costado, le ha dicho adiós, tirándole un beso desde la puerta de la casa del peón caminero, cuando él y su rebaño emprendían el camino de los altos prados de la montaña.

Muy pronto se casarán, porque, al parecer, es cosa de días que todos los vecinos confíen a Germán la guarda de los ganados del pueblo.

Sin embargo, el nuevo pastor, Germán, el que ha tomado el relevo de Tino, está de momento satisfecho con su amo. Al infeliz se le ve más viejo que una momia y más encorvado que un sauce llorón. Llorón, sí, porque el Tío Quico no hace más que llorar. Se pasa el día en la ermita de la Virgen de las Nieves, donde el pastorcillo que está al pie de Nuestra Señora le recuerda al sobrino que él echó de su casa de mala manera y que jamás podrá volver.

La culpa fue de aquel maldito aguardiente anisado que le hacía tan mal carácter. Por eso ahora sólo bebe leche, como Germán, y alguna gaseosilla, como el pobre Tino.

—¡Pobre Tino! —suspira Germán, y saca de su zurrón una flauta, recuerdo entrañable de su llorado amigo que nunca consiguió descubrir la mágica melodía oculta en sus agujeros.

Germán también desconoce el soniquete del derviche, pero es posible que haya dado con él, por casualidad, como el asno de la fábula, porque al hacerla vibrar, imitando a su antiguo dueño, allá arriba, en el picacho más elevado, un silbido estridente le contesta.

Germán alza los ojos y, como en sueños, cree divisar una blanca silueta que camina sobre las nubes, y mueve los brazos diciéndole adiós.

¡Es Tino, el cabrerillo! Lobi, su lugarteniente, le salta al cuello y le llena de lametones, y los dos se alejan por un sendero invisible tratando de alcanzar algo que parece un jirón de niebla, pero no es así. Tino grita su nombre:

—¡Azucena! ¡Azucenaaaaa!

Le ata una cinta, que es como una tira arrancada al azul más puro del aire de las cimas, y las tres figurillas, ante la atónita, sobrecogida y arrobada contemplación de Germán, van empequeñeciéndose, y ascendiendo, ascendiendo, hasta perderse en lo más encumbrado, allí donde las nubes se acaban y empiezan las veredas del cielo.